WISHBOOKS GAME FANTASY STORY

만렙 플레이어 16

비츄 게임 판타지 장편소설

초판 1쇄 찍은 날 | 2019년 7월 9일
초판 1쇄 펴낸 날 | 2019년 7월 16일

지은이 | 비츄
펴낸이 | 예경원

기획 | 위시북스
편집책임 | 이규재
편집 | 위시북스

펴낸곳 | 예원북스
등록번호 | 제396-2012-000132호
등록일자 | 2012. 7. 25
KFN | 제1-437호

주소 | 경기도 고양시 일산동구 호수로 646-24 위너스21 II빌딩 206A호 (우)10401
전화 | 031-819-9431 팩스 | 031-817-9432
E-mail | yewonbooks@naver.com

ISBN 979-11-6424-586-4 04810
     979-11-6098-880-2 (set)

16

WISHBOOKS GAME FANTASY STORY
비츄 게임 판타지 장편소설

만렙
플레이어

Wish
Books

CONTENTS

1장
블랙을 찾아라!

역사의 기록이 사라져 버린, '잃어버린 문명' 이후 200년. 200년간 많은 퀘스트, 메인 시나리오들이 이어졌지만 지금처럼 대륙 단위의 전체 퀘스트가 떨어진 것은 처음이었다.

퀘스트의 이름은.

-대도. 블랙을 찾아라!

였다. 천세송이 물었다.

"오빠. 대도 블랙이 누구예요?"

"정보가 좀 제한적이기는 해."

대도 블랙. 블랙이라는 이름은 에르페스 제국에서 붙인 가칭이다.

"다만 우리가 알 수 있는 건……. 블랙이라는 도둑이 황실에서 굉장히 중요한 무언가를 훔쳐갔다는 것."

블랙이라는 도둑이 황실의 '무언가'를 훔쳐갔는데, 그 때문에 황실이 발칵 뒤집혔다.

"그런데 에르페스 제국 입장에서 보기엔 플레이어들은 아무것도 아니잖아요."

대사제 제라툰만 해도 플레이어들을 한껏 무시하지 않았던가. 슬프게도 그것이 상위급 NPC가 플레이어들을 바라보는 시선이었다. 상위급 NPC들이 보기에 플레이어들은 있으나 마나 한 존재.

"글쎄."

대도 블랙이 뭘 훔쳐갔길래 평소 하루살이 수준으로 생각하는 플레이어들에게 퀘스트를 내린 걸까.

"단순히 도적을 잡는 퀘스트는 아닐 거야."

이름하여.

"출발 퀘스트가 될 확률이 높겠지."

커다란 줄기의 어떤 흐름이 시작됐다.

그 흐름을 강줄기로 비유한다면, 이 '대도. 블랙을 찾아라!' 퀘스트는 그 흐름의 첫 시작. 계곡물이나 지하수 정도로 비유할 수 있을 것이다.

"센티니아와 루니아 대륙 전체에 떨어진 퀘스트니까 그 규모가 제법 크긴 할 텐데."

재미있는 건 따로 있었다.

"출발 퀘스트라 짐작되는, 겨우 물꼬에 불과하리라 짐작되는 이 퀘스트의 보상이 말도 안 된다는 거야."

"보상이요? 전 아직 그것까지는 확인 못 했는데."

"응. 보상이 난리도 아니야."

오프라인, 온라인 할 것 없이 대한민국이 후끈 달아올랐다. 3충성이 그의 논리력을 뽐냈다.

-에르페스 제국에서 플레이어들에게 전체 퀘스트를 던졌음. 한국 국적을 가진 플레이어라면 누구나 퀘스트를 받을 수 있음. 그것도 수동형 NPC한테.

수동형 NPC는 능동형 NPC와 다르다. 시키는 것만 매뉴얼에 따라 행동할 뿐이다. 말 그대로 입력과 출력이 정해진 컴퓨터 같은 NPC다.

-이것이 의미하는 것은 하나로 압축할 수 있음.

3충성의 손가락이 굉장히 빠르게 움직였다.

-에르페스 제국의 힘이 생각보다 약하다는 뜻이 될 수 있음.

물론, 플레이어의 기준에서 보자면 에르페스 제국은 감히 범접도 할 수 없을 만큼 강대한 힘을 가진 게 맞기는 맞다. 그러나 '강하다'라는 것은 상대적인 개념이다.

-에르페스 제국은 최근 내부 권력 다지기에 피를 많이 쏟았다고 알려져 있음. 그 실세는 대공임.

대공 그리고 어린 황자. 아니, 이제는 황제가 된 꼭두각시.

-우리가 얼핏 보기에 대공은 권력을 안정적으로 잡아가고 있었음.

어디까지나 얼핏 보기에는 그랬다.

-그러나 에르페스 제국에 인물이 영 없었던 건 아니었던 모양임.

3충성은 희열에 가득 찼다. 남들이 모르는 정보를 통하여 새로운 결론을 내리는 것. 그로 인해 사람들이 자신을 집중하며 칭송하는 것. 이 얼마나 아름답고 행복한 일인가.

'루펜달이 도움이 다 되는군.'

루펜달. 그 재수 없는 자식이 꽤 큰 도움이 되었다.

'성좌들에게는 더 많은 정보가 오픈되었지.'

퀘스트 '대도. 블랙을 찾아라!'는 한국 국적의 모든 플레이어에게 그 기회의 문이 열려 있지만, 출발선이 다른 이들이 있었다. 바로 성좌들이다.

루펜달 역시 성좌 중 한 명이었고 성좌에게는 더 많은 정보가 오픈되었다. 덕분에 3층성이 그 정보들을 획득할 수 있었고.

-대도 블랙은 에르페스의 젊은 영웅 칸트의 심복 중 한 명임.

대도 블랙. 그리고 젊은 영웅 칸트.

-결국 이 얘기는…….

한주혁이 천세송의 머리를 쓰다듬고는 말했다.

"결국은 에르페스 제국. 더 정확히 말하자면 대공과 황실의 권력 안정화를 위한 흐름일 거야."

"대도를 찾는 것과 그게 무슨 상관이 있어요?"

"표면적으로 대공은 황실의 중요한 물건을 찾는다고 알려져 있지만, 결국 그들은 대도를 잡아야 칸트를 잡을 수 있다고 확신하고 있거든."

천세송이 고개를 끄덕였다.

"블랙을 잡아서……. 에르페스 입장에서는 분란을 일으키고 있는 칸트까지 잡고 권력 안정화를 꾀하겠다는 거네요?"

"맞아. 똑똑하네."

출발 퀘스트가 대도를 찾는 것. 그리고 결국에 이 퀘스트는 칸트를 잡는 것으로 이어질 것이 틀림없었다.

"성좌들에게 이 정보가 미리 오픈되었고……."

한주혁이 씨익 웃었다.

"이 정보들은 곧 전 국민들에게 알려지겠지."

성좌들에게는 불행하게도, 이쪽 편에도 성좌가 무려 둘이나 있다. 한 명은 반쯤 성좌인 한세아요, 또 한 명은 진짜 성좌인 루펜달이다.

"전 국민들한테요?"

"응. 성좌한테 비밀로 오픈된 정보들이잖아. 성좌한테 유리한 정보고. 그럼 다들 알아야지."

"루펜달 아저씨는 괜찮대요?"

참고로 루펜달은 이렇게 얘기했다.

"형님. 3층성 저 허접한 놈이 그래도 인터넷에서는 제법 끗발 있는 놈이니 저놈을 통해 정보를 유포하면 될 것 같습니다! 형님의 광명이 세상을 두루두루 비추사 성좌 그 좆밥들에게 빛엿을 선사하실 것입니다! 광명된 빛엿을 말입니다!"

루펜달이 먼저 나서서 정보를 공개했고, 이 정보는 인터넷 세계에서 꽤 큰 힘을 가지고 있고 공신력을 가지고 있는 3층성을 통해 세상에 퍼져 나갔다.

3충성이 또 한 가지 사실을 짚었다.

-힘이 서로 비등비등할 때에는 아주 작은 저울추만으로도 기울어지는 곳이 달라지게 되어 있음.

그 말은 곧.

-에르페스 제국이 젊은 영웅 칸트를 매우 위협적인 존재로 간주하고 있다는 뜻임.

칸트를 매우 위험하다고 생각하고 있으니, 플레이어들이라도 끌어들여서 자신들 쪽에 더 유리하게 상황을 만들어 가려고 하는 것이었다.

-그런 의미에서 내가 에르페스 제국이 생각보다 약하다고 말한 것임.

물론 모든 정보를 공개한 것은 아니었다. 3충성은 자신의 논리력을 바탕으로 자신의 생각을 주장한 것이기는 했으나, 또 반쯤은 한주혁의 말을 듣고서 움직인 것이기도 했다. 더 정확히 말하자면, 한주혁이 시키는 대로 했다.

올림푸스에 접속한 3충성은 한주혁과 만났다. 그리고 속으로 은근히 기대했다.

'흠……!'

그러다가 문득 정신을 차린 3충성은 자괴감에 빠져들었다.

'내가 이러려고…….'

내가 이러려고 매지컬 콜렉터의 길을 받아들였나 싶다.

'나는 도대체 왜……!'

나는 어째서. 그 이름도 유명한 충성충성충성이 왜.

'절대악의 칭찬을 기다리고 있는 거냐!'

처음에 그는 자신의 심리상태를 부정했으나, 결국 부정할 수 없었다. 그는 진정으로 원하고 있었다. 절대악의 칭찬을 말이다.

한주혁은 한주혁 나름대로 할 말을 했다.

"우리도 퀘스트에 참여합니다."

3충성이 아쉬워하는 것은 눈치채지 못했다. 사실 눈치채지 못했다기보다는, 아예 신경을 안 썼다.

이곳. 프루나의 영주성 집무실에 모여 있는 사람은 앱솔루트 네크로맨서 천세송과 잿빛 마도사 한세아. 워프 마스터 이주랑. 1번 성좌 루펜달. 매지컬 콜렉터 3충성.

한세아가 물었다.

"오빠도 참여가 가능해?"

바로 어제. 황제가 보낸 특사를 모양새 안 좋게 돌려보내지 않았던가. 절대악이 제국을 상대로 선전포고를 했다고, 대한민국을 떠들썩하게 만들었을 정도다.

"어. 나도 가능한 거 같다."

다만.

"이 퀘스트가 갑자기. 난데없이 튀어나온 뜬금포의 메인 시나리오는 아닐 거야."

현재 올림푸스 세계는 센티니아와 루니아를 중심으로 하여 느리지만 매우 거대한 하나의 중심 흐름을 가지고 있다.

7개의 성좌 VS 절대악이라는 출발 퀘스트를 통해 개인과 개인들의 싸움으로 시작하여, 지금은 절대악 VS 제국 구도에 가깝게 흘러왔다.

"성좌들은 기득권을 대변하고. 제국과 붙었어."

어느 정도까지, 얼마만큼 유착관계를 만들었는지는 모르겠다만 제국과 성좌가 한 편이라는 건 확실했다.

"나는 성좌들과 대적하면서……. 결국 제국과도 싸울 운명의 클래스이고."

그렇다면 젊은 영웅 칸트와 대도 블랙 시나리오는.

"크게 보면 절대악 메인 시나리오 퀘스트와 이어질 가능성이 매우 높다는 얘기지."

멀리 보면 제국과 성좌가 연합하고, 칸트와 절대악이 연합하여 대결을 벌이는 구도로 흘러가고 있는 것 같다.

"그런데 재미있는 건……."

제국의 실수인 건지는 몰라도.

"나 역시 퀘스트에 참여가 가능하다는 거야."

절대악 역시 대도 블랙을 잡는 퀘스트의 참여가 가능했다. 제국이 미처 신경 쓰지 못했던 건지 아니면 제우스가 어떤 큰 그림을 그리고 있는지는 알지 못했다.

루펜달이 말했다.

"게다가 형님. 이번 퀘스트야말로 바로 형님의, 형님을 위한, 형님에 의한, 그러한 퀘스트 아니겠습니까!"

대중들에게 모든 정보를 공유하지는 않았다. 한주혁은 자선사업가가 아니다. 정보를 모두 공개할 필요는 없었다. 성좌들을 곤란하게 할 정도면 충분했다.

"세계 12대 초인의 아이템은 무조건적으로 형님의 것입니다. 형렐루야! 형멘!"

성좌들에게는 특별한 정보가 주어졌는데, 대도 블랙을 잡는 데 가장 큰 공헌을 한 성좌에게는 '신급 아이템이면서 세계 12대 초인의 아이템'을 보상으로 주어진다는 설명이 있었다.

한주혁이 어깨를 으쓱했다. 루펜달의 헛소리는 이제 한 귀로 듣고 한 귀를 흘리는 경지에 이르렀다.

"이 시점에서 성좌 퀘스트 던전에서 등장하던 세계 12대 초인의 아이템이 나타났다는 건. 이 모든 퀘스트들이 결국 하나의 흐름으로 이어진다는 거지."

한세아가 고개를 끄덕였다. 오빠 말을 듣고 보니 다 맞는 말인 거 같다.

"우리 같은 스파이들이 있어서 좀 편하지?"

"원래 내부의 적이 가장 무서운 법이지."

원래 내부의 적이 가장 무서운 법이다. 이 시점에서 한주혁이 '대도. 블랙을 찾아라!' 퀘스트를 받아들인다면? 제국의 편에 서서, 제국의 적이라 할 수 있는 '젊은 영웅 칸트'를 잡기 위해 노력하는 척을 한다면? 아군으로서 행동한다면?

워프 마스터 이주랑이 조용히 말했다.

"뒤에서 칼을 꽂기 좋은 그림이 그려지겠군요."

대도. 블랙을 찾아라! 퀘스트에는 우대조건이 있다. 최고 우대조건은 성좌이고, 두 번째 우대조건은 영웅 혹은 그 이상의 칭호를 가진 플레이어다.

이주랑이 말을 이었다.

"절대악께서는 위명을 가지고 계시니."

'위명'은 영웅의 명성보다 훨씬 가치 있는, 상위 등급의 명성이다.

"이번 퀘스트의 핵심부에서 움직일 수 있으리라 생각합니다."

이주랑은 이렇게 생각했다.

'제국의 편으로 행동하되, 결국 제국의 편이 아닌 절대악이 이번 퀘스트를 클리어하게 된다면 절대악에게 매우 유리한 상황이 펼쳐질 것이다.'

다만.

"그들도 절대악의 정체에 대해서 알고 있을 텐데요."

지금이야 수동형 NPC가 퀘스트를 뿌리고 있으니 별문제가 없다 치더라도, 결국 퀘스트 클리어의 핵심 플레이어가 되어 움직이면 제국의 눈에 띌 수밖에 없다. 제국은 절대악을 좋지 않게 보고 있을 것이 확실했고.

"그들이 절대악의 정체에 대해 알게 된다 할지라도 가만히 있을까요?"

한주혁도 그것을 생각하지 않았던 것이 아니다.

"그래서 이런 방법을 생각해 봤죠."

한주혁의 말을 들은 이주랑은 한참이나 말을 잇지 못했다. 어지간하면 표정의 변화가 거의 없는 이주랑은 상당히 오랜 시간 한주혁을 쳐다보기만 했다.

'이 남자……'

역시 자신의 예측을 훨씬 벗어나는 남자였다. 이 남자. 끝을 모르겠다.

이주랑이 겨우 입을 열어 물었다.

"……그게 가능한 방법입니까?"

이주랑의 놀라움을 뒤로한 채. 한주혁은 프루나 근처의 영지 중 하나인 펜릴에 설치된 '임시 막사'를 찾았다. 그곳은 제국에서 임시로 만든 여러 개의 '퀘스트 부여 스팟' 중 하나로 안에는 몇 명의 수동형 NPC가 자리 잡고 있었다.

책상에 앉아 있는 NPC가 말했다.

"이곳을 찾아온 용무는?"

이미 수많은 플레이어들이 '대도. 블랙을 찾아라!'를 수락했고 가장 편하고 쉽게 퀘스트를 받아들일 수 있는 명령어가 밝혀져 있는 상황.

"제국의 부름을 받아 왔습니다."

"이름은?"

"앤서입니다."

수동형 NPC는 몇몇 명령어에만 반응하는 컴퓨터 같은 존재다. 수동형 NPC가 종이에 무언가를 적었다.

"직업은?"

"마법사입니다."

"레벨은?"

"밝히기 곤란합니다."

대본을 읽듯, 수동형 NPC가 으레 말하는 경고를 해왔다.

"제국은 신용을 중요시한다. 레벨을 제대로 밝히지 않으면 추후 어떤 불이익이 있을지도 모른다. 가능하면 레벨을 밝히는 것을 추천한다. 레벨이 높다면 큰 힘이 필요한 전장에 배치될 것이고, 레벨이 낮다면 비교적 안전한 전장에 투입될 것이다. 난이도에 따라 보상은 달라지겠지만."

한주혁이 고개를 끄덕였다.

"괜찮습니다. 어차피 저같이 약한 힘을 가진 플레이어가 얼마나 도움이 되겠습니까? 그저 제국의 영광을 위하여 일하고 싶을 뿐입니다."

이러한 대화법은 수많은 플레이어들이 이미 실천해 왔고 적용된 내용이다.

수동형 NPC가 고개를 끄덕였다.

"주 속성은?"

"불 속성입니다."

"퀘스트를 허가한다. 제국의 부름에 응답한 자여. 앞날에 영광이 있으리라."

한주혁에게 알림이 들려왔다.

-퀘스트. '대도. 블랙을 찾아라!'가 부여되었습니다.

NPC의 말이 이어졌다.

"제국의 영광에 함께하는 자여. 너는 두 개의 선택지 중 하나를 선택할 수 있다."

쉽게 말해 클리어 루트가 두 개가 있다는 얘기다. 한주혁은 이미 내용을 알고 있다.

1) 자유로운 영혼.

2) 영광의 동행.

플레이어는 이 두 가지의 선택지 중 하나를 선택하여 퀘스트를 진행해 나갈 수 있다. '자유로운 영혼'은 제국과의 연관점 없이 스스로, 알아서 대도를 찾는 루트고 '영광의 동행'은 제국의 명령을 받기도 하고 통제를 따르기도 하면서 퀘스트를 진행해 나가는 거다.

"영광의 동행을 선택하겠습니다."

한주혁의 퀘스트 설정이 완료되었다.

"네 클래스를 확인하겠다."

NPC가 한주혁의 앞에 동그란 돌 하나를 내밀었다. 한주혁이 그 돌을 잡았다. 이것은 클래스를 파악할 수 있도록 도와주는 아이템.

옆에 있던 한세아는 거기서 약간 긴장했다.

'여기서…… 뽀록 나지는 않겠지?'

마법사라고 하기는 했는데, 오빠를 믿기는 믿는데, 그래도 저 아티팩트도 오빠를 마법사로 인정할지.

한세아의 걱정은 기우에 불과했다. NPC가 말했다.

"마법사 클래스가 확인되었다."

다만.

"수준이 낮군. 너를 탓하는 것은 아니다. 제국은 가진 힘과 능력에 따라 적당한 위치에 너를 배치하며 영광된 길에 동행할 것이다."

하루 전. 에르페스 제국 발 '대도. 블랙을 찾아라' 퀘스트가 주어졌을 그 시점에 베르디가 이렇게 얘기했다.

"베르디에게 좋은 방법이 있답니다."

"좋은 방법?"

"외람되고 주제 넘는 말씀 같아 감히 주군께 말씀드리지 못했사와요."

베르디는 말하기를 굉장히 조심스러워했다.

"제가 감히 주군께 간언을 드려보자면……."

"괜찮으니까 말해봐."

베르디의 얼굴이 조금 붉어졌다. 어린아이의 모습을 하고 있는 베르디다. 겉모습만 보면 수줍음 가득한 어린 여자애 같았다.

"주군께 저의 마법을 전수해 드릴 수 있사와요."

"마법을?"

베르디가 전직 퀘스트를 부여할 수 있단다. 다만, 그 적임자를 찾지 못해 퀘스트를 부여하지 못했는데 상황이 상황인지라 한주혁에게 제안을 했다.

"마법사들은 얼굴을 숨기거나 신체를 변형하는 것 등에 굉장히 자유로운 편이어요. 비교적 신체가 약하기 때문에……. 신분이 노출되면 위험한 상황이 발생할 수 있기 때문이어요."

그렇기 때문에 마법사들이 얼굴을 바꾸는 것은 그리 이상한 일이 아니란다.

"보통의 경우, 본명이 아니라 마법명을 사용하기도 한답니다. 그것이 이상하지 않은 세계가 마법사의 세계여요."

쉽게 말해 한주혁이 '에르페스 제국 발 퀘스트'를 무난하게 잘 받아들일 수 있는 방법은 한주혁이 새로운 이름과 새로운 클래스를 가지면 된다는 거다.

한주혁에게 알림이 들려왔다.

-'베르디의 유산' 퀘스트를 받아들이시겠습니까?

베르디의 유산. 12장로 중 한 명인 베르디가 독자적으로 진행할 수 있는 퀘스트.

"본래는 저를 스승으로 모셔야 하는 것이어요."

그래서 여태까지 베르디가 말을 못 했다. 주군께서 마법을 배우신다면, 지금보다 훨씬 더 효율적인 전투를 할 수 있으실 텐데. 그럼에도 불구하고 자신을 '스승으로 모셔야 하기 때문에 선뜻 제안하지 못했다.

한주혁은 아무런 말도 안 했는데 베르디가 혼자서 고개를 좌우로 휙휙 저었다.

"하. 지. 만!"

베르디가 검지를 좌우로 까딱까딱 흔들었다.

"스승의 예라든가. 마법사의 위계질서 같은 건 중요하지 않답니다. 베르디는 주군께 감히 그러한 것들을 요구할 생각이 없답니다."

원래는 수많은 고행과 수련을 동반해야 한단다.

"제 괴팍한 성격을 감당해야 하는…… 인내의 시간이 필요하지만 주군께서는 제게 너무나 특별하신 분이시니까요."

그런 건 필요 없다.

"10시간 정도만 저와 함께 있어주시면 클리어가 될 것이어요."

그게 최소 시간이란다. 베르디의 얼굴이 붉어졌다.

"절대 주군과 둘의 시간을 보내고 싶어서 그런 것은 아니어요. 절대. 절대 아니어요."

한주혁은 어이가 없어서 웃고 말았다.

쟤 얼굴은 왜 이렇게 붉어져. 아니, 대마법사쯤 되는 장로가 이렇게 순진한 얼굴로 수줍어하는 건 좀 이상하지 않나.

어쨌든 베르디는 한주혁에게 무언가를 시키지도 않았고 한주혁을 귀찮게 하지도 않았다. 그저 옆 의자에 앉아서 물장구 치듯 발을 허공에 휘휘 내젓기만 했다. 참고로 베르디는 땅에 발이 안 닿는다.

그렇게 10시간이 흘렀을 때.

-전직 퀘스트. '베르디의 유산'이 클리어되었습니다.

퀘스트를 클리어할 수 있었다. 별다른 거 하지도 않았는데 히든 전직 퀘스트를 하나 클리어했다. 참 쉬웠다. 그냥 숨만 쉬니까 클리어가 됐다.

-히든 클래스. 블랙 위자드를 획득하였습니다.

블랙 위자드라는 히든 클래스를 하나 얻는 거. 별로 어렵지 않았다. 그냥 대충 숨만 쉬니까 됐다.

-중복 클래스로 인정됩니다.

절대악 클래스에 이어서 '블랙 위자드'라는 새로운 클래스까지 얻었다. 그것도 히든 클래스. 마법의 둘째가라면 서러울 12장로 중 1인인 베르디의 제자로서 획득한 클래스다.

저녁 식사시간. 커다란 테이블에 앉아 밥을 오물거리던 한세아가 말했다.

"진작 알고 있었지만 오빠는 진짜 사기인 거 같아."

"나도 알아."

한주혁도 안다. 오죽하면 '밸런스 패치설'이 나돌 정도였을까.

"그거 중복 클래스라며?"

"응."

"오빠. 남들은 진짜 힘들게 겨우 얻는 히든 클래스인데 그냥 가만히 있으니까 알아서 얻은 거지?"

"응."

남매의 대화는 늘 그렇듯 평화로웠다.

"근데 밸런스 패치가 들어가기는 했어."

"밸런스 패치?"

"중복 클래스이기는 한데…… 반쪽짜리 중복이야."

"무슨 의미야?"

"블랙 위자드의 힘을 꺼내 쓰려면……. 좀 번거롭게 클래스 변경을 해서 써야 돼."

절대악의 힘과 블랙 위자드의 힘을 동시에 꺼내 쓸 수는 없다는 얘기다.

"블랙 위자드로 클래스를 선택해서 플레이하면……. 레벨 1에 기본 스킬만 갖고 시작하거든."

한세아는 무슨 말인지 이해했다는 듯 고개를 끄덕였다.

"아."

쉽게 말해.

"캐릭터가 두 개인 거랑 비슷한 거네? 중복 계정 같은? 그래서 베르디가 추천한 거고?"

한 캐릭터인데 두 개의 클래스를 따로따로 플레이할 수 있단다.

"뭐. 대충은 그런 거지."

"오빠 그럼 레벨 1이야?"

"응."

한세아는 이전에 이런 상황을 맞이한 적이 있었다.

"오빠. 예전에도 레벨 1이었던 적 있었지?"

"있기는 있었지."

그때가 정말 대박이었다. 스탯은 레벨 99에 맞춰져 있는데 레벨은 1이었으니까.

한세아는 설마설마 싶어 입을 열었다.

"설마……."

이번에 또?

"블랙 위자드로 클래스 변경해서 쓰면 스탯은 그대로야?"

한주혁은 아주 평온하게, 한세아와 마찬가지로 밥을 오물거리면서 대답했다.

"응."

"저번에는 레벨 100의 능력치였잖아."

사실 99였지만 대충 100이라고 치기로 했다.

"응."

"근데 이번에는 레벨 1000의 능력치네?"

"응."

"오빠 되게 평온하다?"

"뭐 호들갑스러울 거 있냐?"

"하긴."

둘의 대화는 오늘도 평화로웠다. 하지만 한세아는 안다.

오빠는 오빠 본인의 일이라 제대로 자각 못 하고 있는 모양인데, 이러한 내용이 세상에 알려지면 세상은 발칵 뒤집어질 거다. 지금 상황만 하더라도 이미 '밸런스 패치설'이 나돌고 있는데, 새로운 히든 클래스를 이렇게 쉽게 얻고 괴물 같은 스탯으로 폭풍 레벨업을 할 수 있다니.

한주혁이 말했다.

"어쨌든 나는 허접으로 뜰 거야."

"허접?"

"응. 제국에서 플레이어의 능력치를 검사하는 검사 아이템이잖아. 마법사의 경우에는 레벨이나 스탯으로 그걸 측정하는 게 아니라 마법 스킬의 숫자와 마법 등급이거든."

같은 칼이라도 누가 쓰느냐에 따라 완전히 달라진다. 일반인이 축구공을 잡는 것과 메시가 축구공을 잡는 것 역시 완전히 다르다. 레벨 1000에 달하는 스탯을 가진 한주혁이 스킬을 익히는 것과, 저레벨 플레이어가 스킬을 익히는 것 역시 완전히 다르다.

한세아가 또 말했다.

"개사기다. 어쨌든 그럼 제국에서는 오빠한테 관심을 안 두겠네."

"언젠가는 관심을 가지겠지."

"그때가 되면 이미 늦었을 거고?"

계획대로만 된다면 그럴 거다. 거대한 흐름으로 살펴보자면 젊은 영웅 칸트와 대도는 절대악 진영에 설 확률이 매우 높으니까. 일단은 밑바닥에서부터 시작하기로 했다.

"그래서 영광의 동행으로 루트를 선택할 거야."

하루가 흘렀을 때.

한주혁은 실제로 '영광의 길'을 선택했고 '대도. 블랙을 찾아라!' 퀘스트를 부여받았다.

수동형 NPC가 말했다.

"너는 F등급이다."

현재 한주혁의 대외적인 레벨은 20이다. 고레벨 몬스터들을 때려잡아 급속도로 올렸다. 일반인 기준에서는 말도 안 되는 레벨업 속도지만 절대악 본인도, 여자 친구인 천세송도, 동생인 한세아도 이제는 그러려니 했다.

"생각보다 많이 높군요."

플레이어에게는 A부터 Z까지 등급이 매겨진다. 그 등급을 토대로 등급 퀘스트들이 주어지게 되는데, 한주혁의 예상보다 훨씬 높았다. F등급이라니. 거의 Z등급에 가까운 등급을 받을 줄 알았는데.

'혹시 뭐 눈치챘나?'

아무래도 그건 아닌 것 같았다. 다행히 이 질문은 수동형 NPC의 대답 목록에 있었던 모양이다.

"현재 마법사들이 굉장히 부족한 상황이다. 너 역시 마법을 익혔으니 F등급으로 배정된 것이다."

레벨 20의 초보(?) 마법사 한주혁은 '대도. 블랙을 찾아라!' 퀘스트를 처음 시작하게 됐다.

"F등급의 소집시간은 바로 30분 뒤다. 위치는 지도에 표기해두었다. 찾아오도록."

F등급이라서 그런 건지는 몰라도 배려 따위는 없었다. 30분

뒤에 바로 전체소집이라니. 다른 일정이나 스케줄이 있는 사람들을 전혀 배려하지 않는 퀘스트 일정이었다.

어차피 수동형 NPC와 얘기해 봐야 입만 아프다. 컴퓨터에 대고 말하는 것과 다름없으니까.

"알겠습니다."

퀘스트를 수락했다.

30분은 금방 지나갔다.

지도에 표시된 곳은 펜릴의 중앙 광장. 거기서 상당히 재미있는 광경을 목격했다.

2장
절대악의 대항마

　채송화는 이제 플레이어들 유혹하기를 그만뒀다. 사실상 플레이어들보다 NPC들을 요리하는 것이 훨씬 편했다. 올림푸스라는 세계의 특성상, NPC들은 일정한 설정값을 가지게 마련이었고 그 설정값에 따라 입맛대로 조리하기 편했으니까.

　과거 절대악을 어떻게 해보려고 했으나 이제 그건 포기했다. 앱솔루트 네크로맨서가 자신의 진짜 얼굴을 공개했으니까. 물론 올림푸스 보정을 받은 얼굴이라 할지라도. 채송화는 천세송을 보자마자 느꼈다.

　'저건 내가 못 이긴다.'

　원래 예쁜 여자를 보면 질투가 난다. 채송화는 그랬다. 어떻게든 짓밟아야 성미가 풀렸다. 그런데 천세송은 그 정도 수준이 아니었다.

'올림푸스 보정이라고 해도…….'

절대악은 그냥 깨끗하게 포기했다.

'사실 절대악쯤 되는 영웅을 어떻게 하면…….'

그러면 오히려 엄청 피곤할 거 같다. 세계의 대통령이나 다름없는 그런 사람인데, 그런 사람의 아내가 되면 온갖 책임과 의무를 가져야 하지 않겠는가.

'그냥 적당히 잘사는 놈들 꼬셔서 등골 빼먹는 게 최고지.'

이제 연예인 생활도 그만뒀다. 레벨이 높아지면서 유혹 스킬과 능력도 많이 강해졌고 어지간한 NPC들은 쉽게 유혹할 수 있었으니까. NPC들을 유혹하면 좋은 것들이 많다. 지금 같은 경우도 그렇다.

채송화가 배만 볼록 나온 중년의 남자 NPC의 팔에 달라붙었다.

"F급 정도면 괜찮을 거 같아요."

그래. F급 정도면 통솔하기도 편할 거다. F급은 A급이나 B급처럼 높은 등급의 플레이어들이 아니다. 그렇다고 Z급 같은 허접도 아니다. 적당히 고수 측에 들어가는데, 아주 뛰어난 고수는 아닌, 어중이떠중이라고 보면 됐다.

채송화가 겉으로는 예쁘게 웃었다.

'그런 애들이 다루기 쉽거든.'

배가 볼록 나온 NPC의 이름은 라돈. 라돈은 이번 대퀘스트인 '대도. 블랙을 찾아라!'를 진행하는 NPC 중 한 명이다. 특별히 펜릴 지방의 퀘스트 진행을 맡았으며 그중에서도 F급에 속한 '영광의 동행' 플레이어들을 지휘한다.

"그래. 우리 송화가 해달라며 다 해줘야지."

"말만 들어도 정말 행복한걸요? 역시 라돈이 최고예요."

채송화가 슬쩍 웃으면서 라돈의 가슴을 살짝 어루만졌다. 라돈의 몸이 움찔했다. 흐흐흐 웃었다. 기분이 좋아졌다. 오늘 밤도 채송화와 뜨겁게 불타는 밤을 보낼 수 있을 것 같다.

어쨌든 그러한 과정을 거쳐 채송화는 에르페스 제국발, 대륙 단위 퀘스트인 '대도. 블랙을 찾아라!'의 중책 아닌 중책을 맡게 됐다.

"펜릴 쪽으로 모이는 놈들은 도합 18개의 원정대로 구성되어 안개의 숲을 탐험하게 될 거야."

"안개의 숲을요? 뭘 어떻게 하면 돼요?"

F급은 어중이떠중이다. 제국 입장에서 바로 써먹기에는 살짝 애매한 느낌. 그래서 제국은 제국 나름대로 그들을 키우는 전략을 사용했는데 그 일환이었다.

"그렇지. 그곳에서 비밀상자를 획득해야 해. 비밀상자는 황실 기사가 미리 숨겨놓았지."

"비밀상자에는 무엇이 있는데요?"

"플레이어 놈들을 키우고 환장하게 하는데 꽤 유리한 거겠지."

채송화는 확신했다.

'꽤 좋은 아이템이구나.'

F급은 상위 등급으로 넘어가기 전의, 디딤돌 같은 구간이다. 이곳에서 좋은 아이템이나 기연 등을 얻어 C급 이상의 구간으로 넘어가게 되고 그렇게 되면 제국에서 중하게 쓰임을 받게 될 것이다.

"그걸 어떻게 하면 얻을 수 있어요?"

"안개의 숲은 60대 레벨 몬스터들이 많이 있어. 상대하기 상당히 까다로운데…… 마법으로만 공격 가능한 유령 형태의 유령기사까지 있지. 그놈들을 뚫고 중심부까지 들어가면서 절반 이상이 사망할 거야. 그때까지는 외곽을 돌면서 기다려야 해."

안개의 숲 퀘스트는 황실 마법사와 기사들이 고안하여 만들어낸, 일종의 시험장이자 조련장이었다. 플레이어들을 자신의 입맛대로 성장시키기 위한 그런 퀘스트.

"좋아요. 라돈 당신이 날 도와줄 거라 믿어 의심치 않아요. 라돈은 날 사랑하니까요."

"그럼, 그럼."

라돈이 고개를 끄덕였다. 라돈은 확신했다. 안개의 숲 퀘스트 보상은 무조건 채송화의 것이라고. 혹시라도 다른 놈이 얻게 된다면.

"그놈을 죽여서라도 보상을 우리 송화에게 줄게. 우리 송화는 그걸 가질 자격이 있는 여자니까."

그가 다시 한번 말했다.

"처음에 강공이 몰아칠 거야. 시간을 오래 끄는 게 유리해.

유령기사들은 시간이 지나면 약해지는 습성을 가졌으니까."

"자연스럽게 시간을 끌어야 할 텐데…… 어떻게 하면 좋죠?"

라돈이 피식 웃었다.

"시간을 끌 때…… 아주 좋은 방법이 있어."

라돈의 말을 들은 채송화가 활짝 웃었다. 라돈의 볼에 가볍게 키스했다.

"역시 라돈이야. 사랑해요."

한주혁에게 알림이 들려왔다.

-퀘스트. '안개의 숲 원정대'에 참여하시겠습니까?

당연히 참여하기로 했다.

'안개의 숲?'

직접 가본 적은 없지만 펜릴 근처에 있는 나름대로 중수 사냥터다.

'F급이 상당히 많아졌네.'

한주혁 자신이 간신히 F급에 들어왔다. 블랙 위자드로서 현재 그의 레벨은 20. 마법사라는 특전이 있어서 F급에 속할 수 있었다는 것을 감안하면, 보통 레벨 40 정도는 되어야 F급에 들어올 수 있다는 얘기다.

그 F급 플레이어들이 펜릴의 중앙 광장에 모였다. 중앙 광장에는 단상이 마련되어 있었는데 그곳에는 배가 볼록 나온 NPC가 마법 확성기를 들고 서 있었다.

"원정대의 팀장을 발표하겠다."

NPC의 이름은 라돈이라 했다. 라돈이 알아서 팀을 배정했는데.

'채송화?'

채송화가 자신의 팀장이었다. 채송화는 한주혁을 알아보지 못했지만 한주혁은 채송화를 단번에 알아봤다. 한주혁은 대충 스쳐 가듯 봐도 전부 기억하는 경이적인 지능을 가졌으니까.

'남자를 유혹하는 타입의 플레이어였지.'

전투 클래스는 아니었을 텐데.

'다른 원정대는 전부 전투 클래스가 팀장인데.'

여기만 아니다. 배불뚝이 NPC 라돈의 표정을 보아하니 채송화에게 넘어가도 단단히 넘어간 것 같았다.

채송화가 말했다.

"라돈 님. 출발 순서는 어떻게 되나요?"

"제1원정대부터 출발하도록 한다. 퀘스트 상세 내용은 퀘스트창을 활성화시키면 확인할 수 있다."

한주혁은 알 수 있었다.

'아.'

제1원정대부터 제17원정대까지는 희생양이구나. 라돈과 채송화가 어떻게든 수를 써놨겠구나.

-스킬. 권능의 귓말을 사용합니다.

현재 클래스는 블랙 위자드. 따라서 절대악 고유의 스킬을 사용할 수는 없지만, 권능의 귓말이나 평범하지 않은 강력한 주먹 등은 사용할 수 있었다.

-팬더. 베르디. 3충성. 안개의 숲에 들어가서 상자를 찾아.

제18원정대. 즉, 한주혁이 속해 있는 원정대는 각각 11명으로 구성되어 있었는데 다들 긴장한 기색이 역력했다.

"이번 거 보상이 꽤 짭짤할 거라는 얘기가 있던데요."

채송화가 말했다.

"그만큼 상당히 위험할 거예요. 그러니까 다들 정신 똑바로 차려야 해요."

원정대 대장의 자격은 '팀원 중 가장 고레벨'로 정해진다고 했다. 상대에 대해 아무것도 모를 때에 강함의 척도가 되는 것은 곧 레벨이고, 가장 고레벨이라 짐작되는 채송화의 말에는 아무도 토를 달지 않았다.

"제가 지도를 갖고 있어요. 우리는 이쪽을 통해 가죠."

한주혁은 이 퀘스트의 보상이 이미 정해져 있다고 생각했다. 보상의 주인은 채송화다. 원래대로라면 말이다.

'이 세계나 저 세계나 더러운 건 매한가지네.'

이것도 능력이라면 능력이기는 한데, 이러면 경쟁 자체가 불공정한 것 아닌가. 한주혁은 보상 자체에는 관심 없다. 한주혁 정도 되는 고수에게, F급 플레이어들의 퀘스트 보상이 의미 있을 리 없으니까.

채송화가 한주혁을 쳐다봤다.

"근데. 그쪽 레벨은 20밖에 안 돼요?"

"……예."

한주혁은 거기서 약간 이상함을 느꼈다.

'나는 레벨 20인 걸 말한 적이 없는데.'

레벨 디텍팅 같은 특수한 마법이나 아이템이 사용되는 것도 느끼지 못했다. 라돈이 알려줬나.

'그리고 모양새가…….'

지금 일부러 시간을 끌고 있는 것 같은 느낌이다. 다른 원정대들은 지금 퀘스트를 조금이라도 더 빨리 클리어하기 위해, 조금이라도 더 라돈의 눈에 들어서 더 좋은 퀘스트를 받고 시나리오를 클리어해 가기를 원하는데.

'일부러 시간을 끈다?'

그런데 그 시간을 끌기에 참 좋게도, 이쪽에 시비를 걸었다.

원정대원 중 한 명이 화들짝 놀랐다. 은색 갑옷을 입은 남자였다. 닉네임은 '베이비피그'.

"뭐라고요? 레벨 20?"

그는 황당해했다.

"F급은 최소 레벨 40부터라던데……."

그는 못마땅한 것 같았다. 다른 원정대원들도 은근히 기분 나쁜 기색을 드러냈다.

채송화가 한숨을 푹 내쉬었다.

"레벨 20이 어떻게…… 우리랑 같은 등급을 받는 거죠? 아무리 마법사라는 특수 직업이라고는 해도……."

채송화에게 잘 보이고 싶었던지, 베이비피그는 채송화의 말에 적극적으로 호응했다.

"이건 아무래도 팀원 선정에 문제가 있었거나 비리가 있었던 것 같습니다."

지금 우리도 먹고살기 바쁜데, 레벨 20짜리 마법사를 데리고 이 대퀘스트를 클리어해야 한다고?

한주혁은 아무 말도 하지 않았다.

"……."

저레벨 플레이어들이라 그런 건지, 채송화와 베이비피그의 속내가 너무 쉽게 읽혀서 그런 건지, 그냥 상황이 다 보였다.

딱히 시비를 걸 생각도 없었다.

-주군. 상자를 획득하였습니다.

-잘했어.

-주변에 귀찮은 몬스터들이 많은데……. 어떻게 할까요?

-그냥 둬. 내가 없앨 거야.

이제 그럼 자연스럽게 저 상자를 획득하는 모양새만 취해주면 되는 거겠네.

'F급부터 차근차근.'

차근차근 공적을 쌓아 시나리오의 중심부까지 올라가면 참 좋을 것 같다.

채송화는 약간 화가 난 것 같았다.

"이봐요. 원정대의 대장인 내 말을 무시하는 거예요?"

"아…… 미안합니다. 다른 생각을 좀 하고 있었어서."

"뭐라고요?"

채송화는 하- 하고 한숨을 내쉬었다.

"도대체 이런 허접을 데리고…… 퀘스트를 클리어하라니. 어이가 없네요, 정말."

베이비피그가 또 열렬히 동의했다.

"그렇네요. 원정대장님. 충분히 기분 나쁘실 거 같네요. 그 아름다운 얼굴에 주름 가겠습니다. 우리도 먹고살기 바쁜데 버스를 태워야 한다니."

다른 플레이어들은 딱히 말은 안 했지만 그래도 대체적으로 채송화와 베이비피그의 말에 동의하는 것 같았다.

채송화가 물었다.

"도대체 무슨 능력을 가졌는데 레벨 20에 F급에 들어왔죠?"

한주혁은 말하고 싶었다.

'보통 이런 시간에 원정에 참여하는 게 정상 아닌가……'

원정에 참여해 봤자 딱히 의미는 없지만. 사람들이 이런 반응을 보여도 화도 안 난다. 다 이해된다. 한주혁은 여유로웠다.

"공격형 마법사입니다. 마법 공격은 좀 해요."

음. 기본 마법만 써도 여기 있는 몬스터들 씨를 말릴 수 있을 거 같긴 한데.

채송화는 더더욱 어이없다는 듯 반문했다.

"좀 한다고요?"

"좀 한다니. 그래 봤자 레벨 20이면……. 아무리 절대악이 세상을 좋게 만들어줬다고 해도, 예전으로 치면 겨우 아카데미 졸업생 정도 아닌가?"

절대악 덕분에 평균 레벨이 많이 올라갔고, 삶의 질이 많이 높아졌다. 레벨업도 훨씬 빨라졌다. 그렇다고는 해도 레벨 20은 너무 낮다.

채송화가 말했다.

"……일단 움직이죠. 방해나 되지 않도록 해요."

"네. 뭐. 열심히 해볼게요."

"열심히 말고. 잘해야 돼요."

한주혁이 어깨를 으쓱했다.

"네. 뭐."

"레벨은 허접인데 여유는 초고렙이네요. 누가 보면 절대악이라도 되는 줄 알겠어요. 트롤 씨."

제18원정대가 드디어 움직이기 시작했다. 1원정대부터 17원정대까지는 이미 안개의 숲으로 들어가 있는 상황.

채송화가 앞장섰다.

'좋아.'

채송화의 머릿속에는 이미 계획이 있다. 1원정대부터 17원 정대는 어차피 광대들이다. 몬스터들과 열심히 싸우다가 죽어 갈 거다.

여유가 생긴 틈을 타서 라돈이 매수한 무리가 상자를 획득 할 거다.

'이쪽으로 가면⋯⋯.'

이미 퀘스트 내용을 안다. 유령기사들은 이쪽으로 이동할 거다. 상처 입은 유령기사들.

'안타깝게도 우리 원정대는 몰살.'

거기서 운 좋게 살아남은 채송화가 홀로 고군분투하여 상 자를 획득하여 퀘스트를 클리어하는, 아주 아름다운 그림이 머릿속에 있다.

팬더로부터 귓말이 왔다.

-주군. 3충성의 특수 스킬을 통해서 비밀상자를 주군의 인 벤토리에 직접 전송하겠습니다.

한주혁에게 '비밀상자'가 전송됐다. 이곳은 던전 내도 아니 고, 귓말 전송불가 지역 같은 특수 필드도 아니다. 그냥 일반 필드 중에 하나다. 유령기사라는 약간 까다로운 몬스터가 있 는 곳. 이곳에서 3충성과 장로들이 움직이는 건 그리 어려운 일이 아니었다.

　-주군. 그런데 자꾸만 주군께……. 귀찮은 놈들이 몰려갑니다. 저런 허접한 것들 때문에 주군께서 직접 움직이시게 하는 것이 신하로서 못내 마음이 불편합니다.

　-괜찮아.

　한주혁은 안다. 백 마디, 천 마디 말보다 한 번 행동이 낫다는 것을.

　한주혁은 주위를 둘러봤다.

　'저게 유령기사?'

　레벨 약 50 정도라고 했던가. 마법으로만 상대가 가능하다고 했다.

　18원정대의 대원들은 당황했다. 이곳에는 마법사가 겨우 둘밖에 없는데, 하나는 레벨 20짜리 허접에 불과했으니까.

　베이비피그가 침을 퉤 뱉었다.

　"제기랄. 운도 더럽게 없군. 레벨 20짜리 쓰레기랑 같은 팀이라니."

　여기서 죽을 것 같았다. 이번 퀘스트는 물 건너갔다. 뭐. 다음 퀘스트 잘하면 되지. 이왕 죽는 거. 원정대장에게 점수나 좀 따놓으면 좋을 거 같다. 그가 보기에 채송화는 정말로 예뻤으니까.

　채송화는 포기하지 않는 것처럼 보였다.

　"저는 이동속도에 특화되어 있거든요. 여러분이 잠시만 시간을 벌어주세요. 비밀상자에 많이 가까워졌을 거예요. 보상은 원정대 단위로 주어지잖아요. 시간만 벌어주면 돼요."

"해봅시다."

다들 그것에 기대를 걸어보기로 했다. 그런데 레벨 20짜리 마법사. 한주혁이 말했다.

"쟤네들 죽이면 되죠?"

그래 봤자 레벨 50대 마법사 아닌가. 말로는 아무리 해도 소용없다. 실적을 보여주면 된다. 기분 나쁜 말에 딱히 대꾸하지 않은 것도 그냥 눈으로 보여주는 게 훨씬 빨라서다.

베이비피그는 한심하다는 듯 한주혁을 처다봤다.

"미친놈. 아무리 원정대장님이 예뻐도 허세는 작작 부려야지."

어. 아니. 내 여자 친구가 훨씬 예쁜데. 나이가 좀 많이 어리긴 하지만. 그 말은 하지 않았다. 어차피 오래 말해봐야 입만 아프다.

베이비피그가 말했다.

"이놈은 배제하고서…… 어떻게든 시간을 끌어보도록 하죠. 원정대장님. 예쁜 얼굴 다치지 말고. 조심해서 한 번 뛰……."

베이비피그는 말을 잇지 못했다. '뛰……'까지 말한 그의 입이 위아래로 길게 벌어졌다. 입만 벌어진 게 아니었다. 눈도 위아래로 커졌다. 눈동자가 커졌고, 목울대가 위아래로 움직였다.

꿀꺽.

'헐?'

내가 본 게 사실인가.

'저건······.'

눈을 한 번 비벼봤다.

'방금 분명 공용 마법을 쓴 것 같은데.'

정확한 클래스명은 밝히지 않았으나 마법사란다.

하여튼 마법사 플레이어들은 좀 짜증 난다. 팀원들에게도 자신의 정확한 클래스를 잘 밝히지 않고, 자신의 능력을 정확하게 오픈하지 않는 경우가 대부분이니까. 마법사들의 암묵적인 룰이라는데. 어쨌든 그는 일단 마법사를 별로 안 좋아하는 편이다. 그런데 지금 좋아하고 안 좋아하고 문제가 아니었다.

'공용 마법이 아닌가?'

한발 먼저 뛰어가려던, 18원정대의 몰살을 기원하던 채송화 역시 이 상황을 믿을 수 없었다.

'저 마법은······.'

그냥 흔하디흔한 파이어볼. 검사 클래스의 플레이어라도 익힐 수 있고 힐러도 익힐 수 있는 정말 초급 중에서도 초급 마법인 파이어볼이었다.

'분명히······.'

분명히 공용 마법이자 초급 마법인 파이어볼이었는데. 마법서만 있으면 누구나가 익힐 수 있는 아주 손쉬운 마법인데.

'유령기사가 한 방에 녹았어?'

채송화는 지금의 상황을 믿기 힘들었다.

"저기요."

"네?"

"레벨 20이라고 하지 않았어요?"

"맞는데요?"

거짓말은 아니다. 블랙 위자드로서의 레벨이 20이 맞다. 채송화가 믿을 수 없다는 듯 한주혁을 쳐다봤다.

'그래. 라돈이 내게 거짓말을 했을 리도 없고. 제국의 레벨 디텍터가 틀렸을 리도 없고.'

그렇다. 저 남자의 레벨은 20이 틀림없다.

'레벨이 20인데…… 파이어볼로 유령기사를 녹여 버렸어?'

그것도 단 한 방에? 채송화의 말투가 많이 바뀌었다.

"혹시……. 정확한 클래스를 밝히지 않은 건 굉장히 특별한 히든 클래스라서 그런 건가요?"

지금이야 레벨 50이 흔해졌다지만, 불과 몇 달 전만 하더라도 레벨 50쯤 되면 대연합의 과장 이상급의 실력이다. 레벨 50의 위상이 아무리 낮아졌다고 하더라도, 레벨 50. 아무나 되는 게 아니다. 그런데 레벨 50대의 몬스터를 공용 마법으로 녹여 버리다니.

채송화는 눈이 가늘게 변했다.

'뭐지? 이 남자?'

레벨이 20인 것은 틀림없는 사실이다.

'레벨 20에 저 정도의 힘이라고?'

레벨이 낮은데 저 정도의 힘을 가졌던 사람. 그녀의 기억과 상식에 의하면 전 세계적으로 딱 한 명 있었다.

'절대악······!'

절대악이 딱 그런 경우였다. 갑자기 혜성처럼 등장해서 폭풍처럼 레벨을 올리고 신대륙까지 창조해낸 미친 플레이어. 200년의 상식을 혼자서 뒤엎으며 에르페스 제국과도 대립각을 세우고 있는 전 세계의 영웅.

채송화가 문득 하나의 시나리오를 떠올렸다.

'아······!'

대충 그림이 그려지는 것 같다.

'지금은 대도 블랙을 찾으라는······ 대륙 차원의 거대 퀘스트를 진행하고 있어.'

대륙 차원의 거대 퀘스트. 메인 시나리오라할 수 있는 퀘스트가 진행 중이다. 그런데 루니아&센티니아 대륙의 가장 큰 흐름. 가장 큰 메인 시나리오는 바로 '절대악 VS 7개의 성좌'로 시작되는 그 스토리 아니었던가.

'성좌가 제국의 편.'

지금 이 시점에서 반대로 말하자면 제국이 눈에 불을 켜고 찾고 있는 '블랙'은 절대악의 편이 될 확률이 높다는 얘기다. '절대악 VS 7개의 성좌'로 시작된 그 시나리오가 지금은 '절대악 세력 VS 제국 세력'으로 확장된 상황이다.

'그렇다면 저 남자는······!'

지금 이 시점에서 저런 말도 안 되는 마법 능력을 가진 플레이어가 나타났다?

'이 퀘스트의 핵심 키다!'

라돈 따위와는 비교도 되지 않는 키 플레이어.

'절대악에 대항할 수 있는, 플레이어 중에서도 절대악의 대항마.'

확실했다.

'지금 이 시점에서 저 남자가 내 눈앞에 나타났다는 건……'

이건 행운이라 할 수 있었다. 저 남자는 분명히 크게 될 남자다. 자신은 그 옆에 있을 수 있고.

'그래. 레벨 20에 저 정도의 힘을 가지고 있다는 건……. 제우스가 절대악의 대항마로 키우겠다는 뜻이 틀림없어.'

채송화는 작전을 조금 변경하기로 했다. 이제 라돈 따위는 필요 없었다.

"제가 레벨만 듣고 당신을 너무 과소평가했던 것 같아요."

한주혁이 고개를 끄덕였다.

"그렇죠?"

"……"

채송화는 잠깐 황당해져서 한주혁을 쳐다봤다. '과소평가했어요. 미안해요'라고 말하면 '괜찮아요. 그럴 수도 있죠'라고 대답하는 게 보통 아닌가. 보통 대부분의 남자들은 그렇다.

채송화가 예쁘게 웃었다. 거울 보면서 매일 연습했다. 눈웃음. 채송화는 은근슬쩍 한주혁 옆으로 다가가 한주혁의 팔을 살짝 톡 건드렸다.

"이 정도 힘을 가지고 있었으면 미리 말을 하지 그랬어요. 아깐 정말 미안했어요."

베이비피그는 그게 부러워 죽을 것 같았다. 채송화의 눈웃음. 베이비피그는 그 눈웃음에 완전히 반해버렸다. 이 세상에 저렇게 아름다운 여자가 있다는 걸 처음 알았다. 다만 한주혁은 별다른 감흥을 느끼지 못했다.

"그런데…… 일반 파이어볼이 아닌가 봐요?"

파이어볼은 광역기가 아니다. 그런데 마법 한 방에 몇 마리씩 한 번에 녹아버렸다. 광역효과가 있다는 얘기다.

"일반 파이어볼 맞아요."

"역시 그럴 줄 알…… 네? 분명 한꺼번에 여러 마리가 죽었는데……."

"좀 센 파이어볼 쓰면 원래 이렇게 불꽃 효과도 붙고 그래요."

대신 지능이 좀 많이 높아야겠지만.

"아……."

채송화는 한주혁이 제대로 된 답변을 피한다고 생각했다. 더 이상 묻는 건 실례일 터.

채송화가 여전히 밝게 웃으면서 말했다.

"앤서 님이라고 했었죠? 앤서 님이 있으니 이번 퀘스트는 우리가 클리어할 수 있을 것 같아요."

그러는 사이 은근슬쩍 한주혁에게 스킨십을 시도했다. 가벼운 스킨십이었다. 손으로 어깨를 살짝 건드리거나 팔을 살짝 잡는다거나. 물론 시도만 했다. 제대로 닿지도 않았다. 한주혁이 거의 눈에 보이지도 않을 정도로 조금씩 움직여 그 스킨십을 피해냈기 때문이다.

18원정대의, 앤서(한주혁)를 대하는 태도가 완전히 달라졌다. 아까까지와는 180도 달랐다.

딱 한 명. 베이비피그는 여전히 한주혁이 마음에 안 들었다.

'비열한 놈.'

힘을 숨기고 있다가 갑자기 드러내서 원정대장에게 호감을 샀다. 저건 전략이었다.

'카사노바 새끼……!'

겉으로 불만을 표출할 수는 없었다. 레벨은 낮아도, 이 파티의 핵심 멤버로 급부상했으니까.

한주혁이 물었다.

"어디로 가면 되죠? 원정대장께서는 길을 잘 아시는 것 같은데."

"맞아요. 전에도 이곳에서 퀘스트를 클리어했던 적이 있거든요."

물론 거짓말이다. 라돈과 미리 답사를 왔다. 보상을 자기 것으로 하기 위해서. 덕분에 이곳 지리를 익히고 있다.

"그렇군요."

그렇다고는 해도, 비밀상자가 어디 있는지 몰라야 하는 것이 정상인데 채송화의 방향은 팬더가 비밀상자를 찾아낸 곳을 정확하게 향하고 있었다.

　한주혁이 귓말로 물었다.

　-다른 원정대는?

　-대부분 사망했습니다.

　-그 정도 난이도의 숲은 아닐 텐데.

　-중간중간 함정이 많이 설치되어 있었습니다. 또한 자객이 몇 마리 활동하고 있습니다.

　-자객?

　-예. 주군께서 신경 쓸 정도의 실력을 가진 것은 아닙니다. 플레이어들의 능력으로 치자면 60 전후가 되지 않을까 사료됩니다. 놈들이 몬스터들을 유인하기도 하고, 플레이어들의 핵심 멤버를 몰래 죽이기도 하고, 또 함정으로 유도하기도 하면서 대부분 죽이는 것에 성공했습니다.

　한주혁이 피식 웃었다. 자객이라. 살수까지 동원을 했다니. 라돈 그놈. 채송화에게 깊이도 빠진 모양이다. 한국만 썩은 줄 알았더니. 올림푸스 세상 속도 썩어 있었다.

　그때 목소리가 들려왔다.

　"오오. 송화. 드디어 비밀의 상자를 획득한 모양이구나?"

　라돈의 목소리였다. 채송화가 황급히 귓말로 라돈을 제지하려 했으나, 라돈의 귀에는 이미 아무 말도 들리지 않았다.

-저 버러지 같은 플레이어 놈들을 얼른 표 안 나게 죽여 버려!

그래야 빨리 여기서 저 예쁜 채송화를 안을 수 있을 테니까. 저쪽에 돗자리도 펴놨다. 비록 밤은 아니지만 밤보다 더 뜨거운 시간을 보낼 생각에 그의 몸이 한껏 뜨거워졌다. 이 정도 해줬으면, 낮에도 함께 좋은 시간을 보낼 수 있는 것 아니겠는가. 야외에서 사랑을 나누는 것. 그의 취향이기도 했다.

-빨리!

살수들 넷이 한꺼번에 움직였다. 특별히 돈을 많이 써서 구한 A급 이상의 살수들이다. 저놈들을 표 안 나게, 언제 죽었는지도 모르게 죽여 버릴 수 있을 거다. 그리고 보상은 채송화가 독점하게 될 거다.

"어……?"

분명히 그래야만 했는데 상황이 조금 이상했다.

'뭐, 뭐지?'

도저히 이해할 수 없는 상황이 펼쳐져 있었다.

3장
레벨 21 마법사

　　라돈은 네 명의 살수가 저놈들을 소리 소문도 없이 죽여 버릴 것을 의심치 않았다.

　　이 퀘스트는 원래 이런 퀘스트다. 오로지 예쁜 채송화에 의한, 채송화를 위한, 채송화의 퀘스트. 채송화가 귓말로 무어라 말을 하기는 했는데 못 들었다. 지금 그는 너무나 달아오른 상태다.

　　채송화처럼 아름다운 여자를, 이렇게 개방된 공간에서 품을 수 있다는 것. 나의 여자로 만들 수 있다는 것이 너무나 흥분됐다.

　　'어?'

　　그런데 이 상황. 뭔가 이상했다.

　　-뭐하는 거야?

처음에는 장난치는 줄 알았다.

-뭐냐고!

그런데 장난이 아니었다.

-귓말을 받을 수 없는 상태입니다.

귓말을 받을 수 없는 상황. 플레이어들이야 죽더라도 귓말을 받을 수 있지만 NPC들은 그렇지 않다.

'어째서……?'

어째서 죽은 거지? 무려 세 명의 살수가 갑자기 죽어버렸다. 눈으로 보기는 봤다. 빨간 불이 활활! 노란색과 하얀색 스파크가 반짝! 그리고 파란 물이 찰랑!

이른바 활활! 반짝! 찰랑!에 세 명의 특급 살수가 죽었다. 레벨 20대 마법사. 한주혁이 말했다.

"이거 참. 공교로운 일이네요. 안개의 숲 퀘스트에서 갑자기 살수라니?"

그런데 더더욱 공교로운 일이 벌어졌다.

"어? 이것은!"

살수 중 한 명으로부터 무언가가 드랍됐다. 한주혁이 교과서를 읽는 것만 같은 말투로 말했다.

"이것이 바로 비밀상자?"

더 정확히 말하자면 이들이 눈치채지 못할 정도로 빠른 속도로 아이템을 떨구었다가 다시 들어 올렸다. 한주혁의 움직임을 간파할 수 있는 플레이어나 NPC는 이 자리에 없었다.

"마침 아주 공교롭게도 라돈 님이 이곳에 계셨네요."

라돈은 제국의 명령을 받아 파견받은 NPC다. 퀘스트를 관리하는 관리 NPC. 한주혁이 천연덕스레 물었다.

"이거. 비밀상자 획득하면 퀘스트 종료 아니었나요?"

"……."

라돈은 황당했다. 왜 저 살수들로부터 비밀상자가 드랍되는 것인가. 살수들은 왜 비밀상자를 갖고 있던 거지?

"방금…… 뭘 한 거지?"

"뭘요?"

"방금 무언가를 하지 않았나!"

"아."

한주혁은 별거 아니라는 듯 뒤통수를 긁적거렸다.

"그냥 공용 마법 세 방 썼는데요? 아시다시피 공용 마법은 마법서만 익히면 누구나가 쉽게 익히고 사용할 수 있어서요."

비록 레벨 20이지만. 아니, 방금 1레벨이 올라 21레벨이 되었지만 어쨌든 저레벨 마법사도 충분히 활용 가능한 마법이다.

"방금 그 마법들이……."

"파이어볼. 에너지볼트. 워터 드랍. 세 마법인데요."

사실 속성만 다를 뿐, 그 위력이나 범위, 소모 M/P 등은 거의 같다고 보면 된다.

그러나 마법사들은 타 속성의 마법을 잘 익히는 편은 아니다. 고레벨로 갈수록, 마나의 흐름이 엉키게 된다는 것이 마법 NPC들의 가르침이었고 플레이어들은 그 말을 따라 육성해 왔으니까.

채송화는 확신했다.

'진짜다.'

진짜가 나타났다.

'절대악의 대항마.'

올림푸스의 제우스가 밸런스 붕괴 캐릭터인 절대악을 잡으려고 만든 캐릭터. 채송화는 은근슬쩍 한주혁에게 팔짱을 끼려고 했다.

"정말 대단하세요."

하지만 한주혁의 움직임을 채송화가 따라갈 수 있을 리 없다. 한주혁이 인상을 살짝 찡그렸다.

"근데 왜 자꾸 달라붙으려고 해요?"

한주혁은 채송화를 그다지 좋아하지 않는다. 채송화의 플레이 방식도 그다지 좋아하지 않을뿐더러.

'내가 없었으면 모든 원정대원들은 몰살당했겠지?'

대도. 블랙을 찾아라! 퀘스트를 수행하다가 죽으면 자동으로 퀘스트 실패로 이어진다. 이 대퀘스트는 그런 속성을 갖고 있다.

F급 플레이어들이 정말로 이 대퀘스트인 '블랙을 찾아라!'를

클리어할 희망이 있는 건 아니겠지만, 그래도 이쯤 되는 대퀘스트를 클리어하다 보면 콩고물도 많이 떨어지는 법. 이들은 이른바 '채송화 몰아주기 퀘스트' 때문에 그 기회를 전부 잃어버릴 뻔했다.

한주혁이 말했다.

"뭔가 좀 많이 수상한 냄새가 나는데."

"무슨 소리냐?"

라돈이 발끈했다.

"너 그러고 보니 태도가 아주 건방지구나."

자신은 에르페스 제국이 파견한 중앙 관리 NPC아닌가. 제법 특이한 능력을 가지고 있다지만 그래도 레벨 20짜리 마법사치고 너무 기어오르는 것 같다.

'레벨 20 주제에.'

일부러 20짜리 마법사를 이 파티에 넣었다. 채송화에게 시간을 주기 위해서. 그런데 이런 말도 안 되는 일을 벌이다니.

"한 명 더 있네."

한주혁이 파이어볼을 사용했고 또 다른 살수가 그 자리에서 사망했다. 그 과정에서 파이어볼이 아주 미세하게나마 라돈을 스쳤다.

"으아아악!"

라돈은 바닥을 데굴데굴 굴렀다.

"이 미친 새끼야!"

"죄송합니다. 실수가 있어서요. 저도 모르게 마음이 급해서."

마음이 급한 것치고는 지나치게 여유롭게 마법을 사용하기는 했지만, 어쨌든 그 마음 급한 마법 때문에 라돈의 머리가 홀라당 다 타버렸다.

"보아 하니까 이 살수들 라돈 님이 고용한 거 같네요."

정황상.

"채송화 씨한테 보상을 몰아주려고?"

"앤서 님. 오해예요."

채송화가 당황하지 않은 척, 예쁘게 눈웃음을 지으며 한주혁에게 가까이 다가갔다. 한주혁과 눈을 마주쳤다.

'어쭈?'

유혹과 관련된 어떤 스킬을 사용하려는 것 같다. 지금은 절대악 상태가 아니라 파천심공이 발동하지는 않았지만 그래도 기본적인 스탯 차이가 엄청나게 많이 난다. 세 살짜리 어린애가 장난감 칼 든다고 성인을 두들겨 팰 수 있는 거 아니다.

채송화의 눈에 당혹의 빛이 잠깐 스치고 지나갔다.

'안 먹혀?'

레벨 20이면 분명히 먹혀야 하는데. 유혹이 전혀 먹히지 않았다. 저 남자. 정말 어떻게 생겨 먹은 남자인지 모르겠다.

베이비피그가 나섰다.

"증거도 없이 송화 님 몰아가지 맙시다."

라돈도 목에 핏대를 세웠다.

"증거도 없이 그런 말을 잘도 지껄이는구나."

"증거는 뭐. 에르페스 제국에서 알아서 잘 찾아주겠죠."

저렇게 허술한 놈이 일 처리를 깔끔하게 했을 리 없다. 아마 증거들을 엄청나게 흘려놨을 거다. 지저분한 짓도 많이 했을 거고.

"윗선에 찌르면 그만 아닌가요? 이런 걸 내부고발이라고 하던가?"

라돈이 비웃었다.

"네놈이 그러고도 과연 무사할 수 있을까?"

내부고발이라는 제도가 있기는 있다. 올림푸스의 특성상 플레이어는 NPC에 비해 상대적인 약자의 신세이고, 퀘스트 등을 플레이하는 데에 있어서 '을'일 수밖에 없다. 그래서 불합리한 상황에 처하는 경우가 종종 발생하는데 이럴 때 더 상위 기관에 '내부고발'이라는 이름으로 민원을 제기할 수 있다.

"세상 물정 모르는 놈이로구나."

그러나 내부고발은 그다지 활성화되어 있지 않다. 보복 조치가 들어가기 때문이다. 이를테면 내부고발을 한 플레이어에게는 어떠한 퀘스트도 주지 않는다거나, 퀘스트 보상을 한참 낮춰서 후려친다거나.

"어디 한번 마음대로 해봐라."

다행히 이번 퀘스트의 바로 윗선은 바로 펜릴 영주의 비서실이다. 비서실장과 라돈은 어릴 때부터 친구였다.

'다시는 펜릴에 발도 못 붙이게 해주마……!'

그러면 지금 플레이어들이 눈에 불을 켜고 환장하고 있는 '영광의 동행' 퀘스트도 실패로 끝나게 될 거다.

한주혁은 아랑곳하지 않았다.

"근데 퀘스트 클리어 인정은 안 해줘요?"

베이비피그가 씩씩댔다.

"당신 때문에 이게 뭐냐? 퀘스트 클리어 인정도 못 받고."

비밀상자를 획득했다. 퀘스트 클리어 조건은 만족했다. 그러나 퀘스트를 내린 주체인 라돈이 그것을 클리어로 인정하지 않았다. 이것은 정당하지 못한 방법으로 획득하였기 때문이라나.

한주혁이 피식 웃었다.

"지금 나한테 따질 게 아니라……. 퀘스트 클리어 조건을 만족했는데도 클리어를 내려주지 않는 라돈한테 따져야 하는 거 아니냐?"

"그, 그건……."

누울 자리를 보고 다리를 펴야지.

"왜? 레벨 20인 나는 만만하고, 퀘스트 클리어 주체인 라돈은 무서워요? 그게 아니면 그냥 나한테 시비를 걸고 싶은 건가……?"

딱 보니 자신에게 시비를 걸면 채송화에게 점수를 딸 수 있을 거라 생각한 모양이다. 아니, 채송화 별로 예쁘지도 않은데 도대체 왜 저렇게까지 환심을 사려고 노력하는 거지?

채송화는 여전히 예쁘게 웃으면서 두 사람을 중재하려 나섰다.

"두 분 다 진정하세요."

한주혁은 진정할 것도 없었다. 아까부터 평화로움 그 자체다. 씩씩대고 있는 것은 베이비피그 혼자였다.

"우리 진정하고…… 라돈을 회유할 방법을 생각해 봐요."

한주혁은 생각했다.

'슬슬 움직일 때가 됐는데.'

라돈을 회유할 방법? 그런 거 딱히 필요하지 않을 것 같다.

-팬더. 멀었나?

-움직이기 시작했습니다.

-추정 레벨은?

-최소 150 이상입니다.

-좋네.

팬더의 추정 레벨 150 이상. 몬스터가 안개의 숲에서 이동하기 시작했다.

-블랙 몬스터인가?

-예. 블랙 몬스터입니다만……. 일반 유령기사와는 다릅니다. 머리가 두 개인 유령마를 타고 있으며 실체를 가지고 있는 검은색 중장갑을 착용하고 있습니다. 일반 유령기사들이 반투

명한 몸체인 것과 다른 모습입니다.

-몬스터의 이름은?

-블랙 유령기사단장입니다.

-펜릴의 역량으로 블랙 유령기사단장을 처리할 수 있을 거라 보나?

-대공이 펜릴의 핵심 전력을 제국의 수도로 이동시켰습니다. 유령기사단장을 막을 수 없을 것이라 추정됩니다.

한주혁이 움직이면 블랙 몬스터가 발생한다. 그 블랙 몬스터는 특별히 강력한 힘을 가지고 있다. 예전부터 그랬다.

그런데 이번에는 그냥 블랙 몬스터도 아니고, 메인 시나리오 퀘스트 중 일부를 클리어하면서 나온 블랙 몬스터다.

이 '안개의 숲' 퀘스트는, 비록 지금은 F급 플레이어들의 퀘스트지만 이것을 모태로 더 높은 등급의 퀘스트로 이어질 수 있다. 제우스가 그것을 능동적으로 판단하여 큰 그림을 그린다.

레벨 150대의 유령 형태 몬스터. 그 몬스터가 안개의 숲에 모습을 드러냈고, 인근의 펜릴 영지로 움직이기 시작했다. 그 주위로 리젠된 유령기사들이 모여들어 소규모의 군대를 이루게 됐다.

펜릴의 망루에서 망을 보던 병사 NPC가 긴급 종을 울렸다.

땡! 땡! 땡! 땡!

급하게 뛰어다녔다.

"유령기사들이 군단을 이루어 진격하고 있습니다!"

보통의 경우, 몬스터들은 이렇게 집단행동을 하지 않는다. 이렇게 집단행동을 하려면 그에 걸맞은 보스 몬스터가 있게 마련이다.

"완전히 새로운 형태의 몬스터입니다!"

"일반 유령기사보다 덩치가 3배 이상 큽니다!"

펜릴영지는 비상 전시 상황에 접어들었다. 대공이 핵심 전력들을 빼간 상황이라 위험했다.

"마법사! 마법사들 없나!"

근처 영지인 두두아에서 마법사를 파견해달라고 요청했는데, 그곳 역시 상황이 좋지 않다고 했다. 메인 시나리오의 거대한 흐름에 따라 영지 곳곳이 평탄하지 못한 상황.

"플레이어들에게도 도움을 요청해야만 합니다!"

긴급 퀘스트들이 떨어지기 시작했다.

"마법사 플레이어가 필요합니다!"

유령기사들은 일반 물리 공격이 통하지 않는다. 그런데 거기서 끝이 아니었다.

"유령기사들이 보스 몬스터를 중심으로 특수한 진을 이루고 있습니다. 일종의 방어진 같습니다!"

다행히 기병대 등으로만 상대할 수 있는 특수 설정값이 걸린 진은 아닌 것 같았다. 그러나 저들이 한데 뭉침으로써 저들에게 큰 데미지를 입힐 수 있는 마법들에 효과적으로 대응하는 것 같았다.

마법사들의 마법은 유령기사들의 진격을 막을 수 없었다. 유령기사들이 성벽을 타고 오르기 시작했다. 기본적으로 유령 형태의 몬스터.

"성벽이 무용지물입니다!"

일부 마법진이 걸려 있는 성벽 부분을 제외하고, 유령기사들은 너무나 쉽게 성벽을 올라왔다.

땡! 땡! 땡! 땡!

비상종이 요란하게 울렸고 영지 내의 NPC들은 공포에 떨기 시작했다.

펜릴의 영주는 제자리에서 발을 동동 굴렀다.

"이, 이걸 어찌한단 말이냐!"

그가 영주로 있던 21년 동안 이런 적은 단 한 번도 없었다. 이런 상황에 어떻게 대처해야 할지도 모르겠다. 큰일이다.

"추정 레벨은?"

"디텍팅이 불가합니다. 최소 100 이상입니다……!"

나이트들만 있었어도 충분히 상대가 가능했을 텐데. 지금 전력으로는 무리였다. 마법사 플레이어들에게 화려한 보상들을 내걸면서 퀘스트를 뿌려댔지만 실질적으로 큰 도움이 되지는 못했다.

"놈들의 방어 마법진이 너무나 견고하여 깨기가 어렵습니다."

이대로 두면 펜릴이 멸망하는 것은 시간문제였다. 재미있는 건, 이와 비슷한 상황이 펜릴뿐만 아니라 여기저기에서 동시에 벌어지고 있었다는 것.

급해진 펜릴의 영주가 영주성을 나와 중앙 광장에서 직접 퀘스트를 내걸었다. 플레이어들 중에서도 레벨 100이 넘는 플레이어들이 있다고 들었다. 그들 몇 명이 도와준다면 일단 펜릴을 살릴 수 있을 거다. 그래야 했다. 20년 넘게 발전시켜온 영지다. 하루아침에 잃어버릴 수는 없었다. 전 재산을 털어서라도 지켜야 했다.

-돌발 퀘스트. '펜릴을 지켜라!'가 발동되었습니다.

돌발 퀘스트. 영주쯤 되는 꽤 고위 NPC가 직접 발을 동동 굴리며 내건 퀘스트다. 보상은 확실했다. 수많은 플레이어들이 그 돌발 퀘스트를 받아들이기 위해 워프 포탈을 타고 몰려들었다.

그러나 플레이어들은 유령기사들의 진격을 조금 늦출 뿐. 큰 도움은 되지 못했다.

영주는 탄식했다.

"아…… 이렇게도 인재가 없단 말인가……!"

중앙 광장. 한 마법사가 말했다.

"좀 도와줘요?"

그 마법사의 레벨은 21이었다.

그 태도가 몹시 방자하고 거만하여 펜릴의 영주 옆에 있던 보좌관 중 한 명. 실세 중 실세인 비서실장 안토니오가 버럭 소리쳤다.

"네 이놈!"

비서실장 안토니오는 레벨 디텍팅 스킬을 갖고 있다. 자신보다 하위레벨을 가진 상대에 한해서 레벨을 알아낼 수 있다.

-레벨: 21

게다가 그는 특별한 능력까지 가지고 있다. 자신보다 레벨이 낮은 플레이어/NPC에 한해 그 클래스와 주력 속성까지도 알아낼 수 있다.

-주 클래스: 마법사
-주 속성: 없음

마법사인 것은 알겠다. 그런데 주 속성이 없다.

속성이 정해지지 않은 마법사보다 속성이 정해진 마법사가 훨씬 강력하다는 것은 세상의 상식이다. 다들 그렇게 알고 있다. 제국의 마법사들도 그렇게 주장한다.

한 사람이 여러 가지 속성의 마법을 다루는 것은 효율성이 떨어지며, 실력이 높아지면 높아질수록 한계에 봉착하게 된다고.

"주 속성도 정해지지 않은 햇병아리가 그 무슨 무엄한 태도냐!"

주 속성을 정해놓고 우직하게 밀고 나가야만 겨우 마법사 소리를 듣는 판국인데, 주 속성도 없는 놈이 '좀 도와줘요?'라니.

그러나 펜릴의 영주는 안토니오보다 더 절박했다.

"도, 도와줄 수 있겠는가?"

한주혁에게도 퀘스트 알림이 울렸다. '펜릴 영주의 염원'이라는 퀘스트였다.

"도와드릴 수는 있는데……."

일단 믿음을 좀 주기는 줘야 할 거 같다. 레벨이 낮으니까 자꾸 이런 오해를 받는다.

"일단 백 마디 말보다 한 번 행동이 나을 테니까요. 마침 뒤쪽에 유령기사가 보이네요."

펜릴 영주와 안토니오의 얼굴이 창백하게 질렸다.

"어, 언제 이곳까지……!"

이곳은 펜릴 영지의 중앙 광장이다. 유령기사들이 출몰한 곳이 아무리 중앙 광장과 비교적 가까운 서문 쪽이라 할지라도. 진격 속도가 너무 빨랐다.

"주민, 주민들을 어서 대피소로 옮겨라!"

어린아이들과 노약자 위주로. 가장 먼저 대피소로 옮겨야 했다. 물리공격이 통하지 않는 유령기사들은 그야말로 무적의 군대처럼 보였다.

레벨 21 마법사가 아주 간단한 마법을 사용했다.

"에너지볼트."

저 앞에, 넘어져 있는 어린아이를 일으켜 세우기 위해 달려간 안토니오는 터져 나오는 욕을 겨우 참았다.

'에너지볼트?'

저딴 마법은 어린 NPC들이라도 사용할 수 있을 정도의 초급 마법이다.

마법의 재능이 있는 NPC라면 7살이면 익히고도 남는 기본 마법. 플레이어들은 마법을 익히는 속도가 훨씬 빠르다.

그걸 감안하면 저 마법을 사용하는 저 마법사는 그야말로 입만 산 미친놈이 틀림없었다.

'미친놈⋯⋯!'

⋯⋯이라고 하려고 했는데 이해할 수 없는 상황이 펼쳐져 있었다.

파직-! 파지직-!

맥아리 없이 날아간 에너지볼트. 아주 미약해 보이는 에너지볼트 한 방에 무적처럼 보였던 유령기사 하나가 잿더미가 되어 사라졌다.

펜릴 영주의 몸이 굳었다.

'방금 그건⋯⋯ 분명 에너지볼트였는데⋯⋯.'

그도 알고 있다. 에너지볼트라는 아주 초급 마법을.

"어때요? 이 정도면 쓸 만하죠?"

단 한 번의 마법으로 세 마리의 유령기사를 잡았다. 광역기가 아닌데 세 마리를 죽였다.

마법력의 여파가 너무 강해서 그렇다. 쉽게 말해, 아주 살짝 스치기만 했는데도 죽었다.

"어때요? 좀 도와줄 만하지 않아요?"

펜릴 영주가 달려와 한주혁의 손을 꽉 붙잡았다.

"제발. 제발. 나를……. 아니! 이 펜릴을 도와주시게!"

"저도 돕고 싶긴 한데요."

한주혁이 뜸을 들이자 펜릴 영주의 몸이 달아올랐다.

21년간 가꾸어온 영지다. 이곳에서 이렇게 망할 수는 없는 법이다. 물에 빠진 사람은 지푸라기라도 잡는 법인데, 이토록 강력한 마법사를 앞에 두고 놓칠 수는 없지 않은가.

"뭐, 뭔가! 돕고 싶긴 한데라니. 무언가 우리를 도와줄 수 없는 중대한 이유가 있는 것인가!"

"아니, 영주님. 라돈이라고 좀 아세요?"

그사이 한주혁이 마법을 하나 더 사용했다. 유령기사 하나가 어린 NPC를 향해 검을 내지르고 있는 상황.

"파이어볼."

한주혁의 손에서 탄생한 아주 작은 파이어볼이 허공을 날았다.

콰광! 이라고 보기에는 아주 민망한, 작은 효과음이 들렸다. 효과음은 작았는데 효과까지 작지는 않았다. 유령기사가 그 자리에서 또 사망했다. 무려 세 마리가. 두 번의 마법. 그리고 여섯 마리의 사망.

저만치 멀리서, 어린 NPC가 황급히 허리를 숙였다.

"가, 감사합니다, 마법사님!"

그리고 열심히 도망쳤다. 대피소를 향해 뛰던 어린 NPC 하나의 목숨을 살린 한주혁이 피식 웃었다.

"제가 사실 대퀘스트를 클리어하고 있는 중이거든요. 영주님도 아시죠? 영광의 동행?"

"무, 물론입니다!"

아까까지는 반말을 했었는데 펜릴 영주의 말이 갑자기 높아졌다.

재미있는 건 말을 높인 펜릴의 영주 스스로도 자기가 말을 높였다는 것을 전혀 눈치채지 못했다는 것.

"거기 좀 비리가 많이 있는 거 같더라고요. 내부고발 좀 해도 되죠?"

"내, 내부고발 말입니까?"

펜릴의 영주도 내부고발이 뭔지 안다. 다만 영주가 직접 처리한 적이 없어서 잘 기억하지 못했을 뿐. 저건 비서실장 안토니오의 영역이다.

안토니오가 황급히 말했다.

"그, 그것은 저희 비서실의 영역입……."

그런데 펜릴의 영주가 그의 말을 황급히 잘랐다.

"내부고발 접수해 드리겠습니다."

"지금 당장이요?"

"예. 지금 당장입니다! 안토니오. 저분의 말씀을 새겨듣도록 하게."

한주혁에게 알림이 들려왔다.

-내부고발이 접수되었습니다.

한주혁은 고개를 끄덕였다.

'역시 고발을 하려면 대빵한테 하는 게 직빵이지.'

결과가 아주 마음에 들었다. 안토니오와 라돈이 친한 관계든 뭐든 상관없다.

영주가 직권으로 명령하지 않았는가. 그것도 영지의 존립을 결정지을 수도 있는 아주 위급한 상황에서 말이다.

"확실히 전말을 파헤쳐 주셔야 합니다. 저 아주 불쾌했거든요."

"물론입니다. 펜릴을 구해주십시오. 진상규명을 철저히 하여 퀘스트 시 받았던 모든 불이익을 철폐하도록 하겠습니다."

한주혁이 어깨를 으쓱했다. 꽤 괜찮은 것 같다.

진상규명도 약속받았으니 안개의 숲 퀘스트도 무난하게 클리어로 인정받을 수 있을 거다.

"좋아요. 근데 영주님. 유령기사들은 진짜 약한 편에 속하는데, 유령기사단장은 좀 강해 보이거든요."

영주의 낯빛이 어두워졌다. 그건 그도 알고 있다.

그래서 지금 에르페스 제국에 도움 요청을 보내놓은 상태다. 운이 좋으면 제국의 마법사들이 파견될 거다. 그때까지 펜릴이 버틸 수 있을지는 모르겠지만.

그는 물에 빠진 사람이 지푸라기라도 잡는 심정으로 애처롭게 물었다.

"바, 방법이 없겠습니까……?"

"있죠. 있기는 있는데……. 아주 위험한 방법이라 저도 좀 꺼려지는군요."

아예 희망을 버리게 만들면 안 된다. 적당히 구슬리고 어르는 게 퀘스트를 클리어하는 데 가장 유리하다.

"근데 이거 참. 펜릴을 위해서는 사용하지 않을 수도 없고. 고민되네요. 실패하면 저도 죽을 수도 있는지라……. 아시죠? 저 죽으면 대퀘스트 포기되는 거."

물론 고민 같은 거 하지 않는다. 레벨 끽해야 150 정도다. 저런 놈은 마법이 아니라 그냥 대충 평타로 쳐도 이긴다. 어려울 거, 위험할 거 하나도 없다. 그냥 생색내는 거다.

이왕 하는 거. 좋은 보상 얻으면 좋으니까.

희망을 발견한 펜릴의 영주가 다급하게 외쳤다.

"도와주십시오. 이 목숨도 내어달라면 내놓겠습니다. 부디 펜릴을 구원하여주십시오!"

펜릴 영주는 거의 무릎을 꿇다시피 하여 애원했다. 알림이 들려왔다.

-펜릴 영주의 간절한 염원을 확인합니다!

-히든 퀘스트 발동 조건을 확인합니다.

-히든 퀘스트 발동 조건으로 '위명'이 필요합니다.

한주혁은 원래 악명으로 시작했다. 악명이 쌓이고 쌓여, 아예 '위명'이라는 이름으로 바뀌었다. 그것이 바로 히든 피스의 일부였던 것 같았다.

'역시.'

자신은 지금 시나리오의 큰 흐름을 따라 움직이고 있는 것이 확실했다.

'어디 한번 계속 가보자.'

올림푸스를 즐겁게 플레이하고 있는 입장에서 이런 것들은 그에게 신선하고 재미있게 다가왔다.

알림이 이어졌다.

-축하합니다!

-히든 피스 한 조각을 찾아냈습니다.

-히든 퀘스트. '펜릴의 영웅'이 부여되었습니다.

히든 퀘스트 '펜릴의 영웅'이 주어졌다.

'히든 퀘스트가 주어질지는 몰랐는데……'

좀 더 좋은 보상을 하나 주겠거니 했는데 히든 퀘스트가 발동됐다.

'역시.'

더 큰 흐름으로 편입하기 위한, 말하자면 메인 시나리오의 중심부로 향하기 위한 퀘스트들이 연계되는 것 같았다.

'펜릴의 영웅이라.'

비록 변방의 작은 영지이기는 하지만, 이곳에서 영웅 퀘스트를 클리어하면 제국에서도 조금은 더 관심을 가질 것 같다.

한주혁이 마법 몇 번을 사용했다. 공용 마법 세 개를 번갈아가면서 사용했다.

활활. 반짝. 찰랑.

이 세 개면 충분했다. 활활에 세 마리. 반짝에 세 마리. 찰랑에 세 마리.

마법 한 번에 거의 세 마리씩 죽어 나갔는데, 유령기사 60여 마리가 사망하는데 걸린 시간은 불과 8초에 불과했다.

펜릴의 영주는 입을 쩍 벌렸다.

"이럴 수가……."

더욱 놀라운 건 저 플레이어의 레벨이 21이라는 얘기다. 아니.

"레벨 23의 힘이……. 저 정도라고?"

이제는 레벨이 23이 됐다.

"안토니오. 플레이어들의 레벨업 속도가 저렇게 빠른 것이 정상인가?"

"제가 알기로 절대 그렇지 않습니다. 최근에 절대악이라는 엄청난 영웅이 탄생하여 그 덕분에 레벨업 속도가 빨라졌다고는 하나……. 불과 몇 개월 전만 하더라도 1레벨업 하는 데 1년 정도가 걸린다고 했습니다."

그런데 지금 무려 2레벨업을 했다. 남들 2년치를 지금 몇 초 만에 해버린 거다.

안토니오가 떨떠름해하면서 말했다.

"절대악이라는 플레이어도 저런 식으로 혜성처럼 나타나 단숨에 영웅으로 거듭났다고 했습니다. 아무래도 플레이어들 중에는 저런 변태 같은 힘을 가진 이들이 나타나는 것 같습니다."

그리고 생각했다.

'라돈 그 미친놈은……. 도대체 누굴 건드린 거야.'

사실 안토니오도 알고 있다. 라돈이 채송화라는 플레이어에게 빠져 이상한 짓을 꾸미고 있다는 것을.

보통 퀘스트를 진행할 때도 뒷돈을 빼돌리고 하는 것을 이미 알고 있다. 여태까지는 그냥 넘어갔었는데 이번에는 아무래도 힘들 것 같다. 하필이면 건드려도 저런 괴물 같은 플레이어를 건드렸단 말인가.

'라돈과의 관계도 여기서 끝이다.'

지금은 줄을 잘 서야 했다. 겨우 레벨 23으로 저 정도의 힘이다. 성장세로 보면 엄청난 속도로 성장하게 될 텐데. 저 정도면 분명 제국의 중심부에서도 눈독을 들일 정도의 플레이어로 성장할 텐데. 저런 플레이어에게 밉보일 수는 없지 않은가.

'지금 추세로 보면……. 플레이어들도 점점 강력해지고 있고, 결국에는 NPC들과 대등한 관계에 설 확률이 높아.'

퀘스트 등을 통해 살펴본 대륙의 정세가 그렇다. 이제는 플레이어에게도 줄을 잘 대야 하는 상황이 온 거다.

안토니오가 침을 꿀꺽 삼켰다.

'블랙 유령기사단장……!'

펜릴 영주는 두 손을 모아 기도했다. 백성을 버리고 도망칠 수 없다며 자리에 남은 펜릴 영주는 굳건히 서서 기도하고 또 기도했다.

'제발……'

저 플레이어를 믿어보기로 했다. 다소 위험할 수 있다고 했는데. 어떤 방법인지. 그래도 희망을 걸어보기로 했다.

'파이어볼?'

또다시 공용 마법. 기본 마법이었다. 그런데 그 결과는 실로 놀라웠다.

'음?'

영주와 안토니오는 분명히 볼 수 있었다.

공용 마법에 저 강력한 블랙 보스 몬스터가 사망했다. 여기까지 진격해 오던 그 위풍당당함은 찾아볼 수 없었다. 검은 잿더미가 되어버렸으니까.

어처구니없는 말이 들려왔다.

"운이 좋았네요. 겨우 잡았습니다."

안토니오는 정말 묻고 싶었다. 도대체 어딜 봐서 운이 좋은 거죠? 도대체 어딜 봐서 겨우 잡은 거죠? 그냥 아주 평온하게 평안하게 잡은 것 같은데요.

한편, 남아 있던 유령기사와 유령기사단장까지 모두 잡아낸 한주혁은 또다시 레벨업을 할 수 있었다. 이제 한주혁의 레벨은 25다. 당연히 레벨업에 따른 스탯도 획득했다.

과거와 같은 사기적인 성장을 또 하고 있는 거다. 절대악의 대항마로서.

'좋네.'

제국과도 한 판 떠야 할 거 같은데. 아주 좋은 거 아니겠는가. 오랜만에 성장하는 맛이 제법 괜찮은 것 같다.

그때. 새로운 알림이 들려왔다.

4장
여기도 퀘스트

　에르페스 제국. 그중에서도 이번 '대도. 블랙을 찾아라!' 대
퀘스트를 부여한 기관은 제국의 특수 정보부 중 하나인 '라이
언'이었다. 통칭 라이언이라 불리는 이들은 수많은 정보를 다
루며 첩보활동을 맡고 있다.

　라이언이 이번 퀘스트를 진행하면서 눈여겨보고 있는 것은
두 가지였다.

　하나는 '이미 완성에 근접한 플레이어'의 존재다. 이를테면
절대악 같은.

　"이미 완성에 근접한 플레이어들은 거의 없다고 해도 과언
이 아니겠군."

　"그렇습니다. 그나마 가까운 것이 S급에 속한 성좌들입니다."

　플레이어들에게 알려지기로 '영광의 동행' 루트를 선택했을 때 최고 등급이 A라고 알려져 있다.

"S급에 어울리는 놈들로 성장을 시켜야 할 텐데."

"그게…… 쉽지만은 않습니다. 센스가 너무나 뒤떨어지는 놈들이라."

"그런 놈들이 어떻게 성좌의 자리에 올랐지?"

"바깥 세계의 특별한 인적 네트워크를 활용한 것 같습니다."

다시 말해 인맥이 좋아서 운 좋게 성좌의 자리를 얻을 수 있었다는 것 같다.

"저희와 접선하지 않은 다른 성좌들은 좀 더 괜찮은 센스를 가졌다고 합니다."

"절대악 쪽에 붙은 놈들 말인가?"

"그렇습니다."

에르페스 제국은 절대악을 '공식적인 적'으로 선포하지는 않았다. 이번 특사 파견 때에 불미스러운 일이 발생하기는 했지만 그것은 이쪽이 먼저 잘못했다. 마중을 나온 절대악의 충신을 이쪽이 먼저 죽였다고 하지 않았는가.

"절대악. 그놈도 선을 넘지는 않았지."

만약 대사제를 죽였다면 얘기가 달랐겠지만 어쨌든 살려서 보내왔다. 공적으로 선포하기에는 아무래도 명분이 좀 딸렸다. 평소라면 공적으로 선포하고 쓸어버릴 수도 있었겠지만 지금은 여유가 안 된다.

"어찌 보면 시기를 잘 타고났어."

지금 절대악은 시간을 벌었다. 지금의 황제와 대공은 권력을 장악한 지 얼마 안 됐다. 안정기에 접어들지 못했다는 소리다.

그 상황에 젊은 영웅 '칸트'의 준동. 대도 '블랙'의 활동까지…….

"그렇습니다. 제국이 어수선한 틈을 타서 성장하고 있는 대표적인 플레이어입니다."

이들은 제국의 특수정보부 '라이언'이 주의 깊게 살피고 있는 또 다른 한 가지 부류. 완성되지는 못했지만 그 성장세가 상상 이상인 플레이어다. 이를테면 절대악 같은.

"이번에 굉장히 눈에 띄는 플레이어가 있었다 합니다."

"그래?"

그다지 크게 기대는 하지 않았다. 그래 봤자 플레이어니까. 그렇게 생각했는데 보고가 제법 흥미로웠다.

"바로 어제까지는 레벨이 21이었다 합니다. 그런데 지금은 레벨이 25에 이른다고 합니다."

"흠."

레벨 21? 25? 엄청난 속도라는 건 알겠다. 그런데 그뿐이다. 레벨 20대는 너무 낮지 않은가.

"나이는?"

"20대 중반 정도로 추정됩니다."

"20대 중반이 될 때까지 레벨이 20대면…… 말 다 한 것 아닌가?"

"절대악도 비슷한 느낌으로 등장하여 순식간에 치고 올라가지 않았습니까?"

"……계속 얘기해 봐."

펜릴 영지에 나타난 레벨 21의 마법사가 유령 기사들을 잡아 레벨을 올리더니 보스 몬스터인 '블랙 유령기사단장'까지 파이어볼 한 방에 때려잡고 레벨을 25까지 올렸단다.

"유령기사라면 펜릴 근처 필드인 안개의 숲에서 나타나는 허접한 몬스터들 아닌가?"

"예. 레벨은 50대입니다. 약한 놈들은 40대인 놈들도 있습니다."

"음."

레벨 21에 레벨 50 몬스터를 잡는 마법사라.

"NPC 중에서 그 정도 인재는 널리고 널렸지 않은가."

"물론 그렇기는 합니다만…… 블랙 유령기사단장의 추정 레벨이 꽤 높습니다."

"꽤 높다?"

꽤 높다고 표현할 정도면 레벨 한 90 정도 되지 않을까 싶다. 라이언은 정보를 담당하는 기관이고 안개의 숲에 대해서도 이미 파악하고 있다. 그곳의 마나흐름과 필드 특성상 레벨 100이 넘는 몬스터가 나타나기는 거의 불가능에 가깝다. 그런 몬스터가 탄생할 수 없는 곳이니까.

"추정하기로 레벨 150 정도 되는 것 같습니다."

"레벨 150?"

레벨 150 자체는 그렇게 높지 않다. 라이언 입장에서 그놈들은 약한 놈들이다. 그런데 중요한 건.

"레벨 20대가 레벨 150대를 잡았다? 추정이 잘못된 것 아닌가? 안개의 숲은 레벨 150짜리 몬스터가 나타날 환경이 안 되는데."

"아닙니다. 그곳에 믿을 만한 정보원이 파견 나가 있었습니다."

"……그렇군."

믿을 수 없지만 일단은 믿기로 했다. 허투루 보고를 올리는 수하가 아니었으니까.

"20짜리가 150짜리를 어떻게 잡았지?"

"마법으로 잡았습니다."

"특수한 마법이라도 익힌 모양이군."

당연히 그렇게 생각했다. 그런데 그 생각이 틀렸다.

"공용 마법 중 하나인 파이어볼이었습니다."

"파이어볼?"

내가 아는 그 파이어볼? 재능 있는 NPC라면 7살만 되어도 사용할 수 있는 그 파이어볼?

"파이어볼로 150대 몬스터를 잡았다?"

물론 어느 정도 경지에 이른 상급 NPC라면 충분히 가능한 얘기다. 그러나 그놈은 NPC가 아닌 플레이어다. 플레이어는 레벨에 따라 그 한계치가 명확한, 다시 살아나는 것 외에는 그다지 메리트가 없는 허접한 존재들 아닌가.

"예. 정확하게 파이어볼이었습니다. 그리고 정확히 단 한 번의 마법이었습니다. 그 플레이어의 표현을 빌리자면 운이 좋아겨우 잡았다고 합니다."

"좋아. 플레이어의 이름은?"

"앤서입니다."

제국의 특수 정보부. 대도 퀘스트를 내린 주체인 상급 기관에서 플레이어 '앤서'에 대해 관심을 갖기 시작했다.

"절대악의 대항마가 될 가능성이 높은 플레이어라 짐작됩니다. 다만 좀 더 관찰이 필요할 것 같습니다."

"조루일 수도 있으니까."

가끔 그런 천재들이 있다. 어느 정도 수준까지는 급격한 성장을 보이며 세기의 천재라 칭찬받지만 그 '어느 정도 수준'을 넘어서지 못하고 결국 도태되는 비운의 천재들.

"그 정도라면 빠른 시일 내에 S급까지 치고 올라오겠지. 직접 접촉은 피하되 관심은 계속 갖고 있도록."

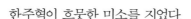

한주혁이 흐뭇한 미소를 지었다.

-레벨이 올랐습니다.

-레벨이 올랐습니다.

-레벨이 올랐습니다.

레벨이 오르는 건 늘 좋다. 아니, 늘 옳다. 레벨이 오르면 보너스 스탯이 2개씩 주어진다. 레벨 150을 넘기면서 레벨업이 점점 힘들어졌는데, 보너스 스탯이 마구마구 쌓이고 있다. 역시 저레벨에서의 성장이 꿀이다. 현재 레벨은 25. 블랙 유령기사단장이 아무것도 드랍하지 않은 것이 아쉽기는 했지만 어쨌든 소득이 많이 있었다.

-퀘스트. '펜릴의 영웅'이 클리어되었습니다.

영주인 펜릴이 그토록 애걸복걸하면서 내준 퀘스트다. 비록 F급 퀘스트로 시작한 퀘스트였지만 보상이 제법 괜찮았다.

-위명이 상승합니다.
-'펜릴의 영웅 칭호'를 획득합니다.
-'펜릴의 명예 영주' 직위를 획득합니다.

펜릴의 영웅 칭호와 명예 영주 직위를 획득했다.
'칭호 효과가 뭐지?'
칭호 효과를 살펴봤는데 '?' 표시가 되어 있었다. 칭호 효과를 활성화시키기 위해서는 어떤 다른 조건이 필요한 것 같았다.

'명예 영주는…….'

딱히 별다른 건 없었는데 하나가 좋았다.

'미스릴 신분증?'

펜릴의 명예 영주임을 확인해 주는 신분증이 발급되었다.

'좋네.'

현재 한주혁은 '앤서'로 플레이하고 있는 중이다. 특별한 신분이나 업적이 없던 상황인데 이게 있으면 각종 NPC들을 상대할 때 편할 거 같다.

'이 정도면 어디 가도 꿀리지는 않겠어.'

보상은 거기서 끝이 아니었다. 펜릴의 영주가 말했다.

"여기. 약속했던 10억 골드입니다."

한주혁에게 10억 골드는 그렇게 크지 않다. 그냥 대충 몇 번 사냥하면 된다. 그래도 10억 골드는 곧 10억 원이다. 그렇게 크지 않을 뿐, 있으면 좋은 정도.

한주혁은 곧잘 거짓말도 잘했다.

"감사합니다. 펜릴의 영광을 위해 일했을 뿐입니다."

"역시 영웅다운 면모를 가진 플레이어답군요."

뿐만 아니라.

"라돈의 비리 현황들이 밝혀졌습니다."

"아. 잘 해결되고 있나요?"

역시 뭐든지 찌를 때는 가장 높은 곳에 찌르는 게 장땡이다. 비서실에 찔러봤자 소용없었을 텐데.

"라돈의 전 재산을 몰수하였습니다."

그 전 재산이 무려 20억 골드가 된단다.

'와. 많이도 해먹었네.'

아무리 대퀘스트를 맡은 NPC라지만 그간 20억을 끌어모았다니. 이건 미친 수준이다. 그냥 비리 수준이 아니었다.

"그것을 이번 원정대에 참여한 플레이어들에게 나눠줄 예정입니다."

각 원정대에 약 10여 명. 18개의 원정대. 대략 200여 명의 플레이어들에게 20억 골드를 균등하게 나누어준다고 했다.

'대충…… 한 사람당 1,000만 골드 정도 되겠네.'

퀘스트 실패 한 번 했는데 1,000만 원을 버는 것 정도면 그렇게까지 나쁜 건 아닌 것 같다.

"또한 라돈과 결탁한 채송화를 구금하려 하였으나……."

"도망쳤죠?"

그런 냄새는 기가 막히게 잘 맡는 여자니까. 도망간 모양이다.

"지금 당장에라도 추적을 하고 싶……."

"그럴 여력이 안 되죠?"

영지 복구도 해야 하고. 또 유령기사가 나타날 수 있으니 대비도 해야 한다.

한주혁이 10억 골드를 되돌려 줬다.

"이거 영지 발전에 보태 쓰세요."

"……예?"

펜릴의 영주는 자신의 귀를 의심했다. 무려 10억 골드다. 이걸 돌려준다고?

"맘 변하기 전에 얼른요."

한주혁이 씨익 웃었다.

'이게 이득이지.'

10억 골드. 있어도 그만 없어도 그만이다. 10억 골드 있다고 크게 달라지는 게 없다. 그런데 이 10억 골드면 펜릴로부터 열렬한 지지를 받을 수 있을 거다. 이런 건 원래 돈 주고 사기도 힘들다.

'플레이어들 사이에 알려지고, NPC들 사이에도 소문이 퍼지겠지.'

지금 그는 '절대악의 대항마'로서 유명해지고 있는 중이다. 그러한 그가 이러한 성품을 가졌다는 것이 알려지면? NPC들이 더욱 열광하지 않겠는가. 무려 10억 골드라니.

'TV광고 한 번 하려고 해도 수십억씩 든다며?'

근데 이런 좋은 광고를 겨우 10억에 할 수 있으면 이득 아닌가. 별로 큰돈도 아닌데.

한주혁은 그렇게 펜릴 영주의 마음을 완전히 사로잡았다. 새로운 영웅이 탄생하는 순간이었다. NPC들의 영웅. 그리고 안개의 숲 퀘스트에 참여했던 플레이어들의 영웅이 말이다.

한주혁이 물었다.

"아참. 그럼 안개의 숲 퀘스트 클리어 인정은 어떻게 됐어요?"

"영주 직권으로 제가 인정하도록 하겠습니다."

퀘스트가 클리어되었다는 알림이 들려왔다. 퀘스트 한주혁이 비밀상자를 열었다.

흥미로운 보상이 주어졌다.

꼭

푸락셀은 남쪽지방. 젤르두아의 패자다. 최근 절대악에게 패배하고 절대악에게 복종하기로 하기는 했으나, 여전히 에르페스 제국 소속이며 에르페스에 조공을 바치고 있다. 한주혁에 비해서 약하다뿐이지, 사실 푸락셀은 상당히 상급 NPC라 할 수 있다.

"흠. 대퀘스트라."

비록 사막지대가 대부분이라 황폐하기는 했지만 그래도 상당히 큰 지역을 다스리고 있는, 한 지역의 패자. 그에게도 퀘스트를 줄 수 있는 권한이 주어졌다.

"조건이 까다롭군."

까다롭기는 한데, 그래도 이런 플레이어 하나 없을까 싶다.

"오히려 이 정도 조건을 만족하고 있는 플레이어라면 부려먹기 아주 좋겠어."

"그렇습니다. 플레이어라면 퀘스트에 목숨을 거는 바보들 아닙니까?"

그렇다. 좋은 퀘스트를 준다 하면 눈에 불을 켜고 달려드는 것이 플레이어들이다. 제국에서 퀘스트 권한까지 줬겠다.

"공식적인 삥을 제대로 뜯을 수 있을 거 같습니다."

"좋군. 아주 좋아."

허접한 퀘스트가 아니라는 것이 더 좋았다.

"그런데 플레이어들 중 위명을 가지고 있는 플레이어가 얼마나 있을지 잘 모르겠습니다."

"그래도 자기들 나름대로 고수라 칭하는 놈들은 꽤 있을 것이다."

"위명에 영웅 칭호까지 가져야 하기에 좀 어려울 것 같기는 합니다."

"오히려 그렇기 때문에 더 고수들이 몰려들 수 있는 것이지. 퀘스트 공고를 내도록."

한 가지 조건이 더 있었다.

"영광의 동행 루트를 선택해야 하고 C급 이상 판정을 받은 플레이어만 가능하다는 내용을 꼭 넣도록 해라. 그래야 이상한 하루살이들이 몰려들지 않을 테니까."

그는 꿈에 부풀었다. 호구. 아니, 고수 플레이어들을 벗겨 먹을 수 있는 좋은 기회라 생각했으니까. 보상은 제국이, 꿀은 내가. 푸락셀이 흐흐흐 웃었다.

그런데 그때 연락이 왔다. 푸르나에서의 연락이었다.

연락 주체는 시르티안. 절대악의 참모였다. 연락을 받은 푸락셀이 떨떠름한 표정을 지었다. 자신의 귀를 의심해야만 했다.

"……예?"

……진짜요?

절대악의 대항마로 떠오른 이른바 '적대악' 플레이어 앤서는 삽시간에 유명해질 수 있었다.

올림푸스 매니아에는 '적대악' 채널이 새로 생길 정도였다.

-이번 대퀘스트 때 몇몇 영지는 무너지고 몇몇 영지는 살아났다고 함.

-펜릴에서 적대악 나타났다고 했는데 누구 영상 가진 사람 없음?

영상도 공개되었다. 영상 속 적대악은 기본 마법을 통해 유령기사와 유령기사단장을 때려잡았다.

-과연 적대악이라 할 수 있지 않음?

-절대악은 평타로 몬스터를 평정했음.

절대악과 적대악은 비슷한 구석이 있었다. 기본 중의 기본이라 할 수 있는 능력으로 강하다 생각되는 몬스터들을 때려잡는다는 공통점이 있었다.

-저 블랙 유령기사단장의 경우는 추정 레벨에 100이 넘는다던데.

-더욱 놀라운 건 적대악의 레벨이 겨우 25라는 사실임.

-이 정도면 진짜 절대악의 대항마가 될 수 있지 않겠음?

-아직은 시기상조임. 세상에서 빛을 보지 못한 비운의 천재들이 얼마나 많음?

아직 시기상조인 것은 틀림없다. 적대악이 절대악의 대항마로서, 성좌를 대신하여 시나리오상 절대악에 반대되는 포지션으로 성장할 수 있는 가능성을 엿보기는 했지만 아직 절대악 정도는 아니다.

-이번에 펜릴에 10억을 뿌렸다 함.

-펜릴 재건에 힘써달라고 했다던데.

대중들은 그것에 열광했다. 한두 푼도 아니고 10억 골드다.

-와. 나는 아무리 돈이 많아도 저런 짓은 못함. 재산이 한 몇 조 정도 있으면 겨우 생각은 해볼 수 있겠다.

한국에 그런 부자는 절대악 말고는 없다. 다시 말해 절대악이 아니면 저런 배포 넘치는 행동은 잘 못한다는 소리다.

-어쨌든 에르페스 제국 퀘스트를 받은 걸 보면 한국 플레이어겠지?

-지금 성좌들도 눈에 불을 켜고 정체를 찾고 있다 함.

에르페스 제국의 퀘스트를 받았으니 한국 국적의 플레이어
인 것은 맞다.

-진짜 누구지? 10억을 아무렇지도 않게 뿌릴 수 있는 사람이?

그 누구도 절대악과 적대악을 동일인물이라고 생각하지 못
했다. 중복 클래스일 가능성은 염두에 두지도 않았다. 중복 클
래스가 아예 없는 것은 아니지만 저렇게 완벽하게 다른 클래
스로 다른 마법을 사용할 수 있는 경우는 없었으니까.

사실상 한주혁의 경우, 완벽한 중복 클래스라고 보기에는
어려웠다. 한 계정에 두 개의 캐릭터가 공존하고 있는 것에 가
까웠다.

한 계정 두 개의 캐릭터. 절대악과 블랙 위자드를 플레이하
고 있는 한주혁에게 알림이 들려왔다.

-펜릴 영주의 직속권한으로 인하여 퀘스트 클리어가 인정됩
니다.

안개의 숲 퀘스트. 쉽게 클리어할 수 있었다.

-비밀상자를 오픈할 수 있습니다.

일단 F등급으로 시작한 퀘스트. 이 정도 능력을 보였으면, 모르긴 몰라도 제국에서도 약간은 관심을 가지기 시작했을 거다.

'F등급으로 받은 보상이니 큰 건 아니겠지만⋯⋯.'

그런데 제법 재미있는 게 나왔다.

<상승 알약>

퀘스트 '대도. 블랙을 찾아라!'의 '영광의 동행'은 플레이어에게 일정 등급을 부여합니다. 상승 알약은 일정 등급을 두 단계 상승시키는 효과를 가지고 있습니다.

+상세설명

상세설명에는 '영광의 동행' 속 '등급'에 관한 좀 더 자세한 설명이 나와 있었다.

<상세설명>

영광의 동행은 플레이어에게 임의의 등급을 부여합니다. 임의의 등급은 A부터 Z까지 주어지며, 마법사와 성직자의 경우 비슷한 능력의 전투 클래스보다 높은 등급이 주어질 확률이 높습니다. 높은 등급이 주어질수록 메인 시나리오의 중심부에서 플레이를 이어갈 확률이 높아집니다. 상승 알약은 메인 시나리오의 중심부를 향해 약진할 수 있도록 도와주는 아이템입니다. 본래 등급을 업그레이드하기 위해서는 최소 2주의 시간이 필요합니다. 상승 알약을 사용하면 그 시간을 획기적으로 줄일 수 있습니다.

설명은 상당히 길었지만 내용은 별거 없었다.

'원래 등급 올리려면 시간이 오래 걸린다는 거네.'

제국에서 왜 이런 시스템을 도입한 건지는 모르겠지만 일단은 그랬다.

'이걸 사용하면…….'

지금의 F급에서 두 단계 윗급이라 할 수 있는 D급까지는 순식간에 올릴 수 있다는 얘기다.

'빨리 올리면 좋지.'

메인 시나리오를 더욱 중심부에서 클리어하다 보면 대도 블랙을 만날 수 있을 것이고 그렇게 되면 에르페스의 젊은 영웅 칸트와도 접촉할 수 있을 것이다. 기득권으로 대변되는 성좌와 에르페스 제국. 그리고 신흥세력으로 분류되는 절대악과 젊은 영웅 칸트.

'좋은 그림이 되겠어.'

칸트라는 든든한 우군을 얻을 수 있을 것만 같은 기분이 든다.

'처음에는 막막했는데.'

맨 처음, 이대로 진행해 가다가는 언젠가 제국과도 한판 떠야 할지도 모르겠다고 생각했을 때. 그때는 좀 막막했었다. 그 당시만 하더라도 제국은 플레이어들이 감히 범접조차 할 수 없는 천외천의 존재 아니었던가.

'길이 보인다.'

그런데 길이 조금씩 보이는 것 같다. 성좌들을 차례로 무너뜨리고 대연합을 박살 내가면서, 힘을 얻어가고 있다. 시간이 좀 더 지나면 제국과도 충분히 해볼 만한 것 같다.

-상승 알약을 사용하시겠습니까?

한주혁은 상승 알약을 바로 사용했다.

-'대도. 블랙을 찾아라!'의 '영광의 동행'이 부여하는 플레이어의 등급을 확인합니다.

현재 한주혁의 등급은 F.

-상승 알약이 적용됩니다.
-플레이어의 등급이 E로 상승합니다.

원래 등급업에는 최소 2주의 시간이 필요하단다. 상세설명에 그렇게 나와 있었다.

-플레이어의 등급이 D로 상승합니다.

하지만 한주혁에게 그런 건 중요하지 않았다.
'현재는 D.'
여전히 낮은 것 같다. A 정도는 되어야 뭐라도 좀 해볼 만할 것 같은데. 그런데 알림이 또 들려왔다.

-'펜릴의 영웅' 칭호를 확인합니다.

칭호 효과가 '?'로 표시되어 있어서 제대로 확인하지는 못했지만 그 칭호 효과 자체가 사라지는 건 아니었던 모양이다.

-'펜릴의 보상'으로 확인됩니다.
-'상승 알약'의 효과가 확장 적용됩니다.

펜릴의 영웅 칭호 효과는, 아무래도 '펜릴에서 획득한 보상의 강화'였던 것 같았다. 여전히 '?'로 표시되어 있기는 했지만 말이다.

-플레이어의 등급이 C로 상승합니다.

한주혁은 순식간에 F에서 C까지 등급을 올릴 수 있었다. 남들은 6주 넘게 걸리는 과정이지만(실제로 대퀘스트가 발발한 지 며칠 되지 않아 이렇게 빠른 등급업을 한 플레이어는 아예 없었고, 따라서 실제로 6주가 걸리는지는 확인할 겨를이 없었다.) 한주혁은 6초가 안 되어 완료할 수 있었다.

루펜달은 그다지 놀라지 않았다.

"역시 형님이십니다."

루펜달은 1번 성좌이고 현재 A등급을 부여받아 그 나름대로 플레이를 하고 있는 중이다.

"형님의 위대하시고 광명됨을 본받아 A등급 퀘스트를 열심히 플레이하겠습니다. 반드시 형님께 도움이 되기 위하여 이 한 몸. 열정과 열성을 다하겠습니다. 형렐루야, 형멘!"

루펜달은 다른 플레이어들보다 좀 더 유리한 포지션이다. 정보도 조금 더 알고 있었는데.

"3등급을 한 번에 올린 플레이어는 형님께서 유일하실 것입니다."

루펜달이 가지고 있는 정보도 한주혁이 가진 정보와 비슷했다.

"한 등급을 올리는데 최소 2주의 시간이 필요하다고 알고 있습니다. 관리해야 할 인원이 너무 많아 등급을 계속 바꾸면서 부여하기에는 인력이 많이 부족한 것 같습니다."

어찌 됐든 결론은.

"헐렐루야. 형멘. 6초의 기적을 일구신 형느님은 언제나 찬양받아 마땅하십니다."

남들은 6주 걸리는 걸 한주혁은 6초 만에 해냈다는 거고 덕분에 지금은 C등급의 플레이어가 됐다는 소리였다.

그래서 재미있는 상황과 마주할 수 있었다.

젤르두아의 패자, 푸락셀의 이마에서 땀이 났다. 젤르두아에서는 적수가 없으며 사막의 제왕이라고까지 불리는 그이지만 절대악 앞에서는 그냥 흔한 NPC 중 하나다.

"형님. 아뢰옵기 송구하오나 몇 가지 조건이 있습니다."

예전에 한 번 대들었다가 된통 깨진 적이 있지 않은가. 이제는 충성 서약서 때문에 옴짝달싹할 수도 없다. 배신했다가는 숨도 쉴 수 없을 정도의 통증이 몰려들 테니까.

"제가 알기로 형님께서는…… 악명이 지극히 높으시다고……."

악명과 위명은 완전히 다르다. 다행히 젤르두아의 패자인 그에게 주어진 퀘스트는 위명이 있어야만 진행이 가능하다.

"악명과 관계가 있냐?"

"예."

조금 희망이 생겼다. 그래요. 형님은 절대악이잖아요. 악명이 자자한.

"위명이 있어야만 진행이 가능한 퀘스트가 있습니다."

"나 위명 있는데?"

"……."

푸락셀의 등에서 식은땀이 흘러내리기 시작했다. 아니, 이거 뭔가. 조금 잘못되어 가고 있는 느낌이 드는데.

"하하하. 그것참 정말 다행이군요. 정말 다행입니다."

하나도 다행스럽지 않지만 그래도 겉으로는 다행이라고 말했다.

"그런데 형님. 또 다른 조건이 있습니다."

"뭐지?"

"에르페스 제국이 공중하는 공중신분이 있어야만 합니다."

보통 플레이어들에게는 그러한 공중신분이 없다. 하물며 최근에 에르페스 제국의 특사를 거의 쫓아내다시피 한 절대악에게 그런 신분이 있을 리가.

한주혁이 인벤토리에서 뭔가를 꺼냈다.

"이거면 되나?"

"……이, 이것은……!"

미스릴 신분증. 미스릴이라는 특수한 광물을 다듬어 만든 신분증이다. 에르페스 제국의 직인이 찍혀 있었다.

'명예 영주……?'

남쪽 끝. 젤르두아의 패자인 푸락셀은 아직 펜릴 지방의 소식을 제대로 알지 못했고 적대악 명예 영주 앤서에 대한 소문은 아직 모르는 상태다.

한주혁이 피식 웃었다.

"비밀은 꼭 지키고. 내가 다른 플레이어로 활동하고 있거든."

충성 서약서에 이름을 올려놓았으니, 비밀을 반드시 지켜야만 할 거다. 지키지 않는 순간 살기 힘들어질 테니까.

한주혁의 모습이 변했다. 푸락셀은 침을 꿀꺽 삼키고 쳐다봤다.

'마법사……?'

마법사가 모습 좀 바꾸는 건 이상한 일이 아니다. 그들 세계의 암묵적인 룰이다. 모습 바꾸고 다니는 것 정도는 말이다.

"하, 하하! 다행입니다! 형님께서 펜릴 지방의 명예 영주셨다니! 어엿한 에르페스 제국민이셨다니."

그래서.

"퀘스트를 받으실 자격이 충분하시니 동생 된 자로서, 펫 된 자로서 저는 기쁘기 그지없습니다!"

입은 웃었는데 눈은 웃지 못했다. 이러면 플레이어들을 벗겨 먹지 못하지 않는가! 안 된다. 이것만큼은 막아야 했다. 더부자 될 수 있는 길이 막혀 버리게 생겼다.

"형님. 그런데 정말 너무너무 아쉽게도 다른 조건이 또 있습니다."

그것은 바로.

"C등급 이상의 플레이어만이 이 퀘스트를 진행할 수 있다는 사실입니다."

"어. 괜찮아. 나 C야."

푸락셀은 울고 싶었다. 아니, 이 형님은 도대체 뭐지. 절대악으로 플레이하느라 바빴을 텐데. 언제 또 이 많은 걸 다 이룬 거지. 뭐하는 사람이지. 아니, 사람이 맞기는 맞나.

푸락셀의 속마음을 아는지 모르는지 한주혁이 부드럽게 말했다.

"어려워 말고. 얼른 부탁해라."

"……"

푸락셀은 정말 어려워했다. 한주혁이 생각하는 의미와는 완전히 다른 의미로 어려웠다. 이거 아니다. 다른 고수 플레이어를 데려와야 했다. 아무리 생각해도 형님은 아닌 것 같다.

"아니…… 그래도 제가 어찌 감히 형님께 퀘스트를 내리겠습니까?"

"괜찮아. 괜찮아."

아니. 제가 안 괜찮다니까요. 푸락셀은 울고 싶었지만 또다시 들려온 '부탁해라.'라는 말에 울며 겨자 먹기로 부탁할 수밖에 없었다.

"형님. 에르페스발 퀘스트를 전달하겠습니다."

푸락셀의 눈에서 눈물 한 방울이 또르르 흘러내렸다. 푸락셀은 그 눈물을 슬쩍 훔치고서 이렇게 말했다.

"혀, 형님께 퀘스트를 드리다니 정말 영광입니다. 정말 기쁩니다. 더 이상 행복할 수가 없습니다. 너무 기뻐서 눈물이 납니다요."

대퀘스트. '대도. 블랙을 찾아라!'의 중심부로 향하기 위해, 적대악 앤서가 남쪽 지방 젤르두아에서 플레이를 시작했다.

퀘스트를 받아든 한주혁이 씨익 웃었다.

'퀘스트 이름이…… 마치 나를 저격한 거 같네?'

퀘스트창을 열었다.

5장
괴짜 마법사의 동굴

한주혁이 젤르두아의 패자인 푸락셀에게 반쯤 강제로 받아 낸 퀘스트의 이름은 '?의 동굴'이었다.

한주혁이 퀘스트창을 활성화시켰다.

<?의 동굴>

정체를 알 수 없는 어떠한 힘이 느껴진다. 이곳을 탐험해 보자.

+상세설명

상세설명도 열어봤다.

<상세설명>

남쪽 지방 젤르두아. 그중에서도 가장 남쪽으로 꼽히는 땅끝마을 네퓨에서 동굴이 발견되었다. 네퓨의 청년들이 동굴을 탐험하였는데 아무도 살아 돌아오지 못했다고 전해진다. 땅끝마을 네퓨 곳곳에 이상한 서신이 붙어 있다. '?의 동굴'을 탐험하여 그곳의 정체를 밝히고 보상을 획득하자.

한주혁은 이상한 기분에 사로잡혔다.

'이거 엄청 친절하네?'

원래 100kg를 들다가 10kg를 들면 상대적으로 가볍게 느껴진다. 그런 거다.

한주혁이 최근에 클리어했던 곳들이 어떤 곳인가. 일반 플레이어들이라면 클리어가 거의 불가능한 곳들이다. 악마의 대저택도 그랬고 루프라 던전도 그랬다. 레벨 100대 플레이어들도 클리어할 수 없는 곳을 클리어해 왔다.

덕분에 한주혁의 눈높이도 거기에 맞춰져 있던 상황.

그래서 한주혁은 알 수 있었다.

'생각해 보니 이거 C등급 플레이어를 위한 퀘스트잖아?'

퀘스트가 이렇게 친절하다. 그다지 어려운 것 같지도 않다. 평이한 퀘스트. 심지어 상세설명의 마지막 줄에는 '보상을 얻도록 하자'라고 아주 친절하게 얘기까지 해주었다.

위험하다라든가. 델리트의 위험성이 존재한다든가. 평소 한주혁이 접하던 무시무시한 경고는 없었다.

'그런데 이상한 점은.'

그래도 대퀘스트다. 플레이어들은 잘 오지 않는 이곳 젤르두아에서 발생한 대퀘스트의 일부. 메인 시나리오 퀘스트라 할 수 있는 '대도. 블랙을 찾아라!'의 지류쯤 되는 퀘스트인데, 아무 이유도 없이 '?' 표기를 하지는 않았을 거다.

한주혁이 말했다.

"대체적으로 퀘스트가 엄청 친절한데. 희한하게 이건 불친절해."

푸락셀이 대답했다.

"죄, 죄송합니다!"

한주혁은 딱히 푸락셀을 탓할 생각은 없었다. 퀘스트 이름에서 한 가지 단서를 얻었기 때문에, 그래서 불친절하다고 표현했을 뿐인데 푸락셀은 바짝 긴장했다. 푸락셀을 옆에서 보좌하는 보좌관은 좀 슬펐다.

'절대악께서는 아무런 생각도 없는 것 같은데.'

그런데.

'이렇게까지……'

조금 직설적으로 표현하자면.

'쪼실 필요가 있나?'

젤르두아의 패자. 젤르두아에서는 황제의 권세를 가졌다고까지 표현되는 푸락셀이 저토록 쫄 수 있다는 사실이 신기하기도 하고 가슴 아프기도 했다. 보좌관이 푸락셀을 대신해서 핵심을 물었다.

"어떠한 점에 있어서 불친절한 점이 있었습니까? 어쩌면 절대악께서는 그것을 토대로 하나 이상의 단서를 발견하신 것 같습니다만."

한주혁이 씨익 웃었다.

"설명은 나중에 하죠."

굳이 떠벌릴 필요는 없으니까. 한주혁은 퀘스트를 보는 그 순간, 이 퀘스트가 어쩌면 자신을 저격하고 있는 퀘스트일 수도 있다는 생각을 했다. 다른 건 다 친절한데 이름이 친절하지 않은 그 사소한 단서를 통해서 말이다.

한주혁은 곧바로 젤르두아에서도 남쪽. 땅끝마을 네퓨로 향했다.

한주혁이 주목한 것은 '?'였다.

'가변형 퀘스트라는 얘기겠지.'

이를테면 이런 거다. 이 퀘스트를 받는, 좋은 기회를 잡은 플레이어의 클래스에 맞추어서 변화하는 퀘스트. 만약 한주혁이 검사였다면 '검사 누구누구의 동굴'. 만약 방패병이었다면 '탱커 누구누구의 동굴'. 이런 식일 확률이 높았다.

'나 같은 경우는……'

아마도 마법사와 관련된 퀘스트 장소일 확률이 높았다. 이

동해서 확인하면 될 일.

한주혁을 안내한 푸락셀의 보좌관이 간단한 설명을 덧붙였다.

"이곳입니다. 마을 주민 NPC들을 통하여 정보를 획득하실 수 있습니다."

물론 한주혁은 마을 주민 NPC들을 통한 정보 획득을 하지 않았다.

본래는 당연히 해야 맞다. 퀘스트 클리어에 있어서 필수다. 더더군다나 푸락셀의 보좌관쯤 되는, 젤르두아에서 상급쯤 되는 NPC의 제안은 반드시 들어야 한다. 그래야 퀘스트 클리어에 훨씬 유리하다.

보좌관은 멀어지는 절대악의 뒷모습을 쳐다봤다.

"……."

정보 따윈 필요 없는 것 같았다. 보좌관도 딱히 더 권하지는 않았다.

'하기야.'

의미 없지 않은가. C급 플레이어들에게 주는 퀘스트다. 이건 마치 호랑이가 토끼 굴에 뛰어 들어온 것과 같았다.

건승을 빈다거나, 퀘스트 클리어를 빈다거나. 그런 빛 좋은 말도 하지 않았다. 어차피 클리어는 확정되어 있었으니까. 대퀘스트의 지류인 만큼 거기서 뭘 가져올지는 모르겠지만.

'다만 문제가 되는 건…….'

딱 하나 있기는 있었다. 한주혁이 상세설명에서도 살펴봤던

'이상한 서신'. 한주혁은 그걸 보지 않았다.

'딱히 보지 않아도 되기는 되겠지만……'

내용이 참 이상하기는 했다. 온갖 욕이 적혀 있던 서신들. 그게 하나의 힌트일지도 모르겠으나 보좌관은 더 이상 생각하기를 멈추기로 했다. 절대악에게 있어서 힌트는 무의미한 것 같았으니까.

'그래도…… 화는 좀 나실 수도 있을 것 같은데.'

서신들의 내용이 해괴하기 짝이 없었다. 입에 담기도 힘든 욕설들이 가득 담긴 서신들이었으니까. 그냥 욕이면 괜찮을지 모르겠는데 그 욕도 종류가 대단히 다양했다. 어머니와 아버지의 안부와 안녕을 묻는 내용도 다수 포함되어 있었다. 이른바 '패드립'이라 표현하는 그런 것들 말이다.

'화난다고 젤르두아를 부수시지는 않겠지?'

그러면 안 된다.

'그러시진 않겠지.'

적어도 그가 본 절대악은 이성을 가진 냉철한 플레이어였으니까.

만약 자신이 모시고 있는 푸락셀에게 절대악의 힘이 있었다면 그건 좀 조심해야 할 수도 있었다. 왠지 푸락셀에게 그런 힘이 있었으면 젤르두아는 진작 멸망했을 수도 있겠다고 생각하는 중이다.

'그래. 절대악은 냉철한 사람이니까.'

젤르두아를 폭발시킨다거나 멸망시킨다거나. 그런 끔찍한 시나리오는 나오지 않을 것이라 생각했다. 보좌관은 돌아가지 않았다.

"……그냥 여기서 기다릴까?"

금방 나올 것 같았다. 그렇게 30분이 지나고 1시간이 지나고 또 1시간 30분이 지났을 때. 보좌관은 조금 이상하다고 생각했다.

'왜 이렇게 오래 걸리지?'

무려 절대악이 들어갔는데 1시간이 넘게 걸리고 있다. 아무래도 뭔가 생각지 못했던 변수가 발생한 모양이었다.

한주혁이 '? 동굴' 앞에 섰다. 그리고 한주혁은 자신의 예상이 맞았다는 것을 직감했다.

-축하합니다!
-괴짜 마법사 한스의 동굴을 발견하였습니다!

역시 가변형 퀘스트 스팟(지점)이다. 마법사 클래스인 블랙 위자드 앤서가 이곳을 발견하자 '? 동굴'이 '괴짜 마법사 한스의 동굴'로 명명되었다.

'흠.'

땅끝마을 네퓨. 이곳은 해안가다. 해안절벽이 병풍처럼 넓게 펼쳐져 있다. 그즈음 어딘가에 한스의 동굴이 있었다.

'밀물이면 물에 잠기고 썰물이면 모습을 드러내는 동굴형태네.'

그런 건 아무래도 상관없었다.

'후딱 클리어하고 오자.'

클리어 과정이 중요한 게 아니다. 클리어 과정 따위는 중요하지 않다. 까짓것 그냥 대충 치고 나오면 되겠지. 다만 그 보상이 어떻게 메인 시나리오에 연결이 될지, 그것에 집중해야 했다.

동굴 입구에서 목소리가 들려왔다.

"엄마 잃은 친구야."

한주혁은 황당해서 주변을 둘러봤다.

'인기척은 없는데.'

누군가 직접 말한 건 아닌 것 같았다. 자세히 살펴보니 동굴 입구에 마법 확성기가 달려 있었다. 동굴 안쪽에서 바깥으로 음성을 전파하는 것 같았다. 현대식으로 치자면 인터폰의 느낌에 가까웠다.

목소리가 또 들려왔다.

"너 같은 친구 낳고도 너네 엄마가 참도 즐거워했겠다."

한주혁은 어이가 없어 웃고 말았다. 화가 난다기보다는 황당했다. 현대식으로 치자면 인터폰. 마법 확성기를 쳐다보며 말했다.

"뭐냐. 이 신박한 컨셉은?"

"아가리 닫아. 형한테 존나 맞을 준비 됐지? 여기까지 온 이상 그냥 존나 맞는 거야. 느그 엄마 많이 슬퍼하겠다. 그치?"

그와 동시에 동굴 안에서 파이어볼 몇 개가 날아왔다. 한주혁은 그걸 피하지 않았다. 일반 파이어볼은 아니었는지, 효과음이 제법 컸고 이펙트가 상당히 화려했다.

콰과과광!

폭발음이 터져 나왔다.

연기가 피어올랐다. 마치 물안개가 자욱하게 낀 것 같았다. 마법 확성기를 통해 질 낮은 언어가 쏟아져 나왔다.

"뭐야. 있어 보이는 친구였는데 그냥 개허접 친구였어? 이게 뭐야? 끝이야? 뭐 이런 새기가 다 있지?"

한주혁은 피식 웃었다. 손을 대충 휘휘 내저었다. C등급 플레이어에게 맞춘 퀘스트 난이도라 그런지 아프지도 않았다. 그냥 뭐가 날아왔구나. 느낌만 있었다.

'새기?'

새끼도 아니고 새기란다. 특유의 설정값인 건지, 그냥 말투인 건지.

"약골새기야. 니네 엄마가 퍽도 좋아했겠다. 이 XX새기야."

이거 느낌이 좀 묘했다.

'묘하게 플레이어 냄새가 나네.'

NPC들도 욕설을 많이 하기는 한다. 그건 설정에 따라 다르다. 또한 능동형 NPC들은 스스로 생각하고 움직인다.

적어도 올림푸스 세계 내에서는 인간과 다를 것이 없다. 그런데 이 목소리의 주인공의 말투에서는 묘하게 플레이어의 느낌이 났다.

한주혁이 완전히 멀쩡한 것을 봤는지, 목소리의 톤이 높아졌다.

"뭐야? 완전 좆밥 새기는 아니구나."

한주혁이 말했다.

"친구야. 부모님 욕은 하면 안 되는 거야."

"뭐래. 이 진지충 친구야. 너는 그냥 아가리 닫고 죽을 준비나 하세요."

한주혁은 거기서 확신했다.

'플레이어네.'

NPC들이 플레이어들의 말을 듣고 따라하는 경우도 있기는 했지만 이 경우는 그런 것 같지 않았다.

'진지충?'

올림푸스 세계에는 없는 비속어다. 진지충이라는 말도 안 쓴다.

"친구야."

좋게 타일러줘야 할 필요를 느꼈다. 아마 어린 친구 같다. 걸음을 옮겼다.

"너는 좀 무섭게 혼나야겠다. 엉덩이 좀 세차게 두들겨 맞아야 정신을 차리겠어."

동굴 안으로 들어왔다.

-'괴짜 마법사 한스의 동굴'에 진입합니다.

동굴 안은 어두웠다. 비릿한 향에 가까운 바다 냄새가 코끝을 찔러왔다. 바닥은 군데군데 파여져 있었는데, 바닷물이 모여들어 작은 웅덩이들을 이루고 있었다.

목소리가 또 들려왔다.

"몬스터다. 이 좆밥아."

몬스터가 있기는 했다. 게 형태의 몬스터였다. 크기는 약 50㎝ 정도 되어 보였다. 껍질이 굉장히 울퉁불퉁했는데, 상당히 단단해 보였다.

목소리의 주인은 굉장히 신이 난 것 같았다.

"게 껍질이 아주 단단하죠. 너는 이제 망했죠. 너는 그냥 여기서 존나 맞고 엉엉 울겠죠."

억양을 표현해 보자면 '단단하죠╱', '망했죠╱', '엉엉 울겠죠╱' 하고 말하는데 자신감이 넘쳤다.

한주혁이 파이어볼을 사용하는 그 순간에도.

"파이어볼은 허접이죠. 너는 그냥 십병진인 게 탄로 났죠. 이 상황에서 파이어볼을 쓰는 병진은 너밖에 없죠. 크래비가 물 속성이라는 것도 모르나요. 그러니까 니네 엄마가 너 낳고 땅을 치고 후회했죠."

……라고 속사포처럼 말을 내뱉었다.

한주혁에게는 알림이 들려왔다.

-크래비를 사냥하였습니다.
-크래비를 사냥하였습니다.
-크래비를 사냥하였습니다.

불 속성 마법인 파이어볼에 물 속성 몬스터인 크래비가 녹아내렸다.

상성도 어느 정도 비슷한 급일 때에나 통하는 얘기다.

물 속성이 불 속성에 비해 상성 우위에 있다 할지라도, 절대적인 차이가 압도적일 때에는 전혀 의미가 없다. 일반적으로 물이 불을 끈다지만, 1L 생수로 산불을 끌 수 없는 것과 비슷한 이치다.

한주혁이 씨익 웃었다.

"상성이 뭐하는 거냐? 먹는 거냐?"

그런데 그때. 예상을 한참 벗어난 상황이 벌어졌다.

한주혁은 잠시 자신의 귀를 의심해야만 했다. 이어지는 말이 황당했기 때문이다.

"헐. 님 개고수?"

여기까지는 괜찮았다. 그냥 상대를 인터넷 초딩이라고 생각하기로 했으니까. 그런데 이어지는 말이 가관이었다.

"개고수님. 저랑 동맹 가능? 형 이제 보니 개잘생긴 거 같음."

퀘스트 던전에 입장했고 몬스터를 몇 마리 때려잡았더니 보스라고 짐작되는 플레이어가 동맹 가능하냐며 제의를 건넸다.

한주혁이 고개를 갸웃했다.

"동맹?"

갑자기 무슨 동맹.

'퀘스트의 일환인가?'

무슨 뜻인지 조금 알아볼 필요는 있었다.

"저랑 동맹하시죠. 님, 제가 잘해드림."

아무래도 이 퀘스트 던전. 줏대라고는 찾아볼 수 없는 던전인 것 같다. 방금까지만 해도 그렇게 패드립을 날려대더니, 지금은 잘생긴 형이라면서 동맹을 제의한다.

"동맹하면 뭐가 좋은데?"

"님. 잘 들어보셈. 여기 이름 알고 있음?"

"괴짜 마법사 한스의 동굴?"

"그건 그냥 겉으로 보이는 이름이고 실제로는 개새끼 마법사의 감금 체험시설임."

얘기를 잠깐 들어보니 한주혁 자신의 과거와 약간 비슷한 구석이 있었다.

'아. 그러니까.'

지금 이 목소리의 주인공은 사실 한스가 아니란다. 우연히 이곳을 찾았다가 감금당한 플레이어란다. 한주혁도 비슷한 경우였지 않은가.

한주혁 역시 스승 놈에게 납치당해서 20년 넘게 생고생만 했다. 백수 취급받던 서러운 시절이 아직 1년도 안 지났다.

"스승인 한스를 죽여야만 탈출할 수 있다고?"

"맞음. 사실 본체는 아니고 한스의 망령인데 망령 주제에 졸라 셈. 그 개새기만 어떻게 족치면 여기 있는 유산은 전부 님에게 드리겠음."

한스의 망령이라면.

'언데드인가?'

그런 것도 아닌 것 같고.

"이 새기야. 빨리 동맹 맺자니까?"

잘은 모르겠는데 목소리의 주인공은 많이 오락가락하는 친구 같다.

동맹을 맺자는 건지 싸우자는 건지 모르겠다. 플레이어의 나이를 들어보니 어린 것도 아니다. 처음에는 끽해야 10살 내외의 어린놈인 줄 알았더니, 나이가 33세란다.

한주혁 자신보다 더 형이다.

"동맹은 어떻게 맺는데?"

이것이 만약 대퀘스트와 연관되지 않은 일반 퀘스트였다면 동맹이고 뭐고 없다. 그냥 다 때려 부수고 나가면 그만이다.

그런데 이것은 대퀘스트와 연관되어 있는, 메인 시나리오의 지류 같은 퀘스트다. 마구 때려 부수고 클리어하는 것보다는 더 좋은 방법이 있을 거란 판단했다.

　-'괴짜 마법사 한스의 제자'로부터 파티 제안이 왔습니다.
　-파티 제안을 수락하시겠습니까?

　한주혁이 아주 잠깐 멈칫하자.
　"미친놈아. 동맹 빨리 안 하냐? 동맹하면 무조건 좋다니까? 어쨌든 님은 여기 클리어해야 하고. 나는 빠져나갈 수 있어서 좋고. 얼마나 좋음? 왜 망설임? 병신 인증하는 거임?"
　이라고 또다시 욕을 해댔는데 한주혁은 저 오락가락하는 플레이어의 말을 귀담아듣지 않기로 했다.
　'동맹 수락.'
　동맹을 맺었다.

　-'괴짜 마법사 한스의 제자'와 동맹관계가 성립되었습니다.
　-동맹관계는 '괴짜 마법사 한스의 동굴' 내에서 유효합니다.
　-동맹관계에 있는 플레이어들은 미니맵을 공유합니다.
　-동맹관계에 있는 플레이어들은 서로를 공격할 수 없습니다.

　파티시스템은 익숙했지만 동맹시스템이 있는 건 처음 알았다. 일단 파티와 크게 다른 점은 없는 것 같았는데 저쪽의 미니맵을 확인할 수 있었다.

미니맵 한쪽이 반짝거렸다. 이름은 알 수 없지만 저 플레이어가 어떤 방법을 쓴 것 같았다.

"여기 반짝거리는 이쪽으로 가는 게 제일 편한 루트임."

"이쪽을 따라가라고?"

"맞음."

한주혁이 피식 웃었다. 걸음을 옮겼다. 딱히 어떤 수작을 부리는 느낌은 아니었지만 수작을 부린다고 해도 상관은 없었다.

어차피 이곳은 C등급 플레이어에게 맞춘 난이도의 퀘스트 던전. 보스몹이든 보스 NPC든, 보스 플레이어든. 뭐가 어찌 됐든 그냥 대충 하면 클리어할 수 있는 곳 아니겠는가.

'표시되어 있는 길을 따라가면 되는 것 같네.'

미니맵이 흐릿하게 보였는데 구불구불한 길이 펼쳐져 있었다. 마치 지도를 보고 있는 것 같았다.

"형. 여기에 광자 캐논이라는……. 개 같은 방어장치가 설치되어 있음."

또다시 미니맵이 반짝거렸다. 미니맵으로 확인한 그곳을 육안으로 직접 살펴보니, 동굴 벽면에 푸르스름한 빛을 내뿜는 원반 형태의 무언가가 잔뜩 달려 있었다.

"아."

"저 광자 캐논은 존나 센 에너지볼트를 쏘아대는 개 같은 거라고 보면 됨. 맞으면 진짜 개아픔. 상급 NPC들도 그냥 와서 녹았음."

한주혁이 고개를 끄덕였다. 뭔지 알겠다. 일종의 마법 방어 장치인 것 같다. 한주혁이 계속해서 걸음을 옮겼다.

"아니, 미친 새기야. 거기 가만히 있어 봐. 저걸 해제시켜야 할 거 아냐. 한스새기한테 가기 전에 체력 다 쓰면 어쩌려고 그래?"

목소리의 주인공은 한주혁의 체력이 방전되는 것을 걱정하는 듯했다. 결국 마지막에 이르면 '한스의 망령'이라는 것과 싸워야 한단다. 그 망령이 정말 미치도록 강력한 망령이라서 체력을 잘 보존해야 한다나 뭐라나.

"저게 존나 세긴 한데 사정거리가 좀 짧아서 멀리서 공격해야 됨. 원거리 마법 몇 개쯤 갖고 있……. 아니. 이 미친 새기야! 사람 말을 좀 들어라! 이 XX새기야!"

목소리의 주인공. 나이 33세, 닉네임 파크유는 답답했다.

'아이씨. 저 새기. 클래스는 좋은 거 같은데 센스는 쓰레기네.'

이 정도 정보를 알려줬으면 원거리 마법으로 저 광자 캐논 라인을 뚫어내고 들어가야 하는 게 정상이다. 그렇게 알려주려 했건만.

동굴 속에서 요란한 경고음이 들려오기 시작했다.

삐-! 삐-! 삐-! 삐-!

경고음이 울리고 있다는 것은 광자 캐논이 침입자를 인식했다는 증거였다.

"야! 일단 튀자! 30초만 사정거리에서 벗어나 있으면 된다!"

그렇게 말했는데.

"음?"

뭔가 조금 이상했다.

푸르스름한 원형의 에너지볼트.

일반 플레이어들이 사용하는 에너지볼트와 그 크기와 형태는 비슷했으나 위력은 천지차이인 광자포의 공격이 뿜어지기는 했는데 정작 저 마법사 플레이어(한주혁)의 H/P는 멀쩡했다.

"엥?"

분명 광자포가 쏘아졌는데.

'지금도 졸라 많이 쏘고 있는데.'

광자포는 총 32개가 설치되어 있다. 약 2초에 한 번 발사하는 마법 방어 장치다. 그러니까 2초에 한 번씩, 32개의 에너지볼트가 한 플레이어를 집중 공격하는 트랩이다.

"뭐야?"

저 플레이어. 뭐지?

"형. 졸라 세네?"

파크유는 홀로그램 화면을 통해 한주혁의 상황을 보고 있다. 그 화면을 통해 본 한주혁은 멀쩡했다. 32발의 에너지볼트를 맞았음에도 불구하고 H/P는 미동도 없었다.

"님. 그 로브 뭐에요? 좀 쩌는 로브인가? 전격 계열 데미지다 흡수함?"

저 정도면 못해도 유니크급 아이템은 되는 것 같다.

"님. 근데 앞으로는 좀 조심하셈. 광자 캐논은 약한 거임."

이곳은 괴짜 마법사 한스의 동굴. 광자 캐논 이후에 이어지는 트랩은 이름하여 '불기둥'이었다.

"불기둥은 몸으로 못 버팀. 불기둥은 그래서 따로 트랩을 해제하는 방법을 알려주겠음."

한주혁은 그 말을 듣지 않았다. 그냥 또 걸음을 옮겼다. 불? 그래봤자 이프리트보다 약하겠지. 이프리트가 뭐야. 헬하운드보다 약하겠지.

'이프리트든 헬하운드든.'

그냥 대충 몇 대 때리면 해결되던데 불기둥이라고 뭐 별거 있겠냐 싶다. 그래서 그냥 걸었는데 옆에서 하도 시끄럽게 굴어서 이쪽도 한마디 해줬다.

"조용히 안 하면 너부터 존나 팬다."

"……."

순간 파크유는 조용해졌다. 그럴 수밖에 없기는 했다.

'유니크급 아이템이 아니라 레전드야?'

불기둥이 쏘아졌다. 지름 약 5미터에 이르는, 활활 타오르는 불기둥이 저 플레이어의 몸을 지금 당장에라도 불태워버릴 듯 타올랐는데 소용이 없었다.

'광자 캐논은 그렇다 치고……'

한 속성에 대한 특별히 강력한 방어는 있을 수 있다. 마법사들은 보통 그런 속성 방어 아이템을 꼭 챙겨서 다닌다.

'옷도 안 갈아입었는데?'

아까 그냥 그 로브 그대로인데.

'왜 불기둥도 안 통해?'

불기둥은 파괴력에 있어서 이 동굴에 있는 트랩들 중 가장 강력한 힘을 발휘한다. 이 던전 매뉴얼에 그렇게 써 있었다.

맨몸으로 맞으면 결코 살아남을 수 없는 아주 강력한 트랩이라고. 괴짜 마법사 한스가 자신있게 만들어놓은 함정 중 하나라고 했다.

'한스 이 개새끼. 개허세였어?'

그런데 아무래도 그 매뉴얼. 허세였던 것 같다. 저 플레이어의 H/P가 여전히 미동도 없지 않은가. 그 어떠한 영향력도 행사하지 못했다.

심지어 저 불기둥을 몸으로 맞으면서 '너부터 존나 팬다'라고 협박까지 하고 있지 않은가.

"형. 미안해. 안 까불게. 아이템 개쩌는 거 갖고 있나보네. 님이랑 동맹하길 잘한 듯."

그리고 속으로 생각했다.

'저런 로브 하나 있으면 평생 먹고살 수 있겠다.'

한 가지 속성도 아니고, 전격계열과 화염계열에 특히 강력한 내성을 가진 아이템 같다. 저런 아이템은 아주 비싸다. 저 아이템. 꼭 갖고 싶다. 무슨 수를 써서라도.

'아이씨. 생각보다 훨씬 세네.'

불기둥은 이 던전에서 가장 강력한 파괴력을 가지는 인공 트랩이다. 그곳으로 일부러 유인했다.

더 편한 길이라고. 사실 파크유가 알고 있는 가장 어려운 길로 인도하는 중이다. 그런데 저 플레이어가 너무 쉽게 뚫어내고 있다.

한주혁은 생각했다.

'와. 생각보다 훨씬 약하네.'

하기야.

'요즘 너무 어려운 던전들만 클리어하기는 했지.'

이런 것도 재미있다. 할 맛이 난다. 매일 쉬운 것만 클리어하면 지루해지기 마련이지만, 매일 어려운 것만 하다고 이렇게 쉬운 걸 하고 있으니 쉽게 쉽게 클리어하는 맛이 있다고나 할까.

한주혁은 오늘 제대로 느꼈다.

'괜히 고수들이 가끔 초보존 가서 노는 게 아니야.'

올림푸스뿐만 아니라 수많은 게임 내에서, 가끔 내로라하는 고수들이 초보존에 가서 놀기도 했는데 한주혁은 그 마음을 알 수 있을 것 같았다.

'짱 쉽네.'

그렇게 걸음을 옮겼다. 32개의 광자포를 발사하는 광자 캐논, 불기둥 트랩을 뚫어내고, 그다음은 '칼바람의 향연'이라 이름 붙은 던전 내 필드를 지났다.

'칼바람의 향연'은 바람 속성 마법 중 하나인 '윈드 커터'와 비슷한 형태의, 말하자면 칼날 형태의 바람이 몰아치는 곳이었는데 여기도 별거 아니었다. 저도 모르게 속마음이 튀어 나왔다. 이거.

"쉽네."

쉬워도 너무 쉽다. 던전 클리어가 매일 이렇게 쉬우면 참 좋을 텐데. 목소리가 들려왔다.

"역시 그렇지? 내가 일부러 쉬운 길만 골라서 안내해 줘서 그래, 형."

"어. 개쉽다."

사실 한주혁에게 있어서 C등급 플레이어들이 클리어하는 난이도에서 어려워지든 쉬워지든 어차피 상관없다.

굳이 비유하자면 '1+1=?' 문제와 '1+4=?' 정도의 난이도 차이라고 볼 수 있겠다. 굳이 엄격하게 따져보면 '1+1'보다는 '1+4'가 어려운 문제지만 사실은 그게 그거 아니겠는가.

그에 반해 파크유는 더욱더 욕심에 불타오르기 시작했다.

'레전드급 아이템 갖고 있는 거 같다.'

저건 진짜 레전드급이다. 던전의 특수 능력을 통해 저 플레이어의 레벨을 확인했다.

레벨이 이제 겨우 25다. 25 주제에 저런 능력을 가지려면 아이템의 힘을 빌려야 한다. 개당 수백억 이상의 레전드급 아이템을 갖고 있어야만 저런 힘을 발휘할 수 있을 거다.

'레벨 25 주제에 여기로 올 수 있었다는 건……. 사실 엄청 히든 클래스 플레이어라는 얘기 아니겠어?'

파크유는 그럴듯하게 추리했다. 레벨 25는 C는커녕 'U등급' 정도 받으면 잘 받는 거다. 그런데 무려 C를 받았다. 여기는 C등급 이상만 들어올 수 있는 특수한 곳이니까.

'나 역시 메인 퀘스트의 일부!'

올림푸스의 신, 제우스가 이러한 안배를 한 것 같다. 파크유 역시 메인 퀘스트의 일부다. 저놈도 마찬가지고.

결국 둘 다 메인 퀘스트를 향해 나아가는, 향후 매우 중요한 위치에 서게 될 플레이어들인데 둘 중 하나가 살아남아야 하는 구조.

'저 아이템을 내 걸로 만드느냐, 아니냐에 따라서 갈리겠네!'

파크유도 퀘스트를 이해했다. 이제 모든 그림이 그려졌다.

'그래서 저 저레벨이 C급을 받고 여기까지 오게 만든 거구나.'

아마 시간이 더 있으면 저놈은 더욱 더 강력해지는 클래스가 틀림없었다. 히든 클래스.

'대신 나한테는 던전이라는 이점이 있고.'

비장의 수가 두 개나 남아있다.

'그것들을 통해서 놈을 죽이면 저 새끼가 가진 아이템들을 내가 얻게 되는…… 그런 스토리 같은데?'

희망이 보이기 시작했다. 부자가 될 수 있을 것 같다. 성공할 수 있을 것 같다.

마지막 순간에 거하게 뒤통수만 잘 후려치면 될 것 같다. 적어도 그 시점에서, 그는 자신의 뒤통수가 잘 통할 수 있을 거라고 자신하고 확신했다.

저 플레이어의 레벨이 25라는 점에 있어서 그렇게 생각했다. 아무리 아이템빨이 있어도 이곳 던전의 특수성을 이겨내지는 못할 테니까.

'저 아이템들 내 거다!'

특히 저 로브. 온갖 속성 마법들을 막아내는 최소 레전드급 이상의 아이템. 운이 좋아 클래스빨로 얻게 된 클래스 아이템 같은데, 자신도 저걸 얻으면 하늘을 향해 훨훨 날 수 있을 거라 생각했다.

파크유는 속마음을 감춘 채 말했다.

"형. 거기 돌문 보이지? 그 돌문을 열면 한스 그 개새끼의 망령이 있을 거야. 졸라 세거든. 걔만 좀 없애줘. 그러면 두둑한 보상이 형한테 들어갈 거야."

한주혁이 돌문 앞에 서자 문이 저절로 열렸다. 안으로 들어가니 횃불이 일제히 켜졌다.

유령 형태의 무언가가 보였다. 저것이 '한스의 망령'인 것 같았다. 하체는 거의 보이지 않고 상체도 반투명한 형태. 유령으로 치자면 상당히 늙은 유령 같은 느낌이었다.

그런데 그때 예상치 못했던 쾅! 소리가 들려왔다. 그리고 던전 내에 변화가 일기 시작했다.

한주혁이 씨익 웃었다.

'그렇단 말이지?'

한주혁 입장에서, 재미있는 일이 벌어졌다.

6장
괴짜 마법사의 유산

　파크유에게는 비장의 수가 두 개 있었다. 스탯으로 치자면 레벨 1000에 달하는 한주혁에게도 비장의 수라 할 수 있을지는 모르겠다만 어쨌든 파크유는 비장의 수라고 생각했다.

　파크유가 말했다.

　"스승님. 저놈 좀 죽여주세요. 아주 질 낮은 놈입니다. 저처럼 착하고 순한 플레이어를 윽박질러 여기까지 오게 만들었습니다."

　알림도 들려왔다.

　-괴짜 마법사 한스의 방에서 탈출할 수 없습니다.

　한주혁은 방금 봤다. 문이 쾅! 소리를 내며 닫힌 것을.

그것이 자신을 완벽하게(?) 가두는 것인 듯했다.

유령 형태에 가까웠던 한스의 몸이 조금씩 변하기 시작했다. 반투명했던 몸체가 인간과 흡사하게 변해갔다.

"네가 내 제자를 괴롭혔느냐?"

"……"

"감히 이 천재 마법사 한스 님의 애제자를?"

한주혁은 딱히 대답하지 않았다. 이 설정은 도대체 무슨 설정이야. 천재 마법사? 별로 그래 보이지는 않는데.

"그런데 어떠냐? 내가 방금 고스트 형태로 변화했었는데. 굉장히 대단한 마법처럼 보이지 않았느냐?"

"고스트 형태로 변하면 좋은 점이 뭐가 있는데?"

혹시 영화에서처럼 벽을 자유자재로 통과한다거나 그럴 수 있나. 그러면 좀 편한 능력이기는 할 텐데.

"좋은 점은……!"

그러나 상태를 보아하니 딱히 그런 건 없어 보였다.

"몸이 반투명해진다는 것이지."

"그러니까 그게 뭐가 좋냐고?"

"마법이란 무릇 그 마법의 발현 과정 자체가 즐겁고 행복한 것. 이득이 있어야만 마법을 사용하는 것이 아니다! 이 XX자식아!"

한주혁은 어이가 없어 웃고 말았다. 던전의 문지기인지 안내자인지. 하여튼 이상한 역할을 하고 있는 플레이어도 패드립을 일삼더니, 이곳의 최종 보스인 것 같은 저 NPC도 패드립에 일가견이 있는 듯했다.

"그러니까 좋은 점이 하나도 없다는 거네?"

"꼴을 보아하니 마법사 같은데. 마법사가 그딴 마인드를 갖고 있다니. 너 같은 놈을 낳고도 네 애미가 케이크를 잘랐느냐? 아주 꼴사납구나."

한주혁은 지루한 대화를 SKIP하고 싶었다. 그러나 지금은 공격할 수가 없는 상태다.

어느 정도 대화를 진행해야만 이 안전지대가 풀리고 공격 가능한 상태로 전환되는 것 같았다.

'그냥 확.'

케르핀의 낙서장을 사용해 버리면 대화고 뭐고 당장에 박살 낼 수 있을 텐데. 그런데 또 겨우 C등급 플레이어들에게 적용된 퀘스트를 클리어하는 데 케르핀의 낙서장같이 유용한 아이템을 사용하기에는 아깝지 않은가.

"얼마나 더 떠들어야 돼?"

얼른 때려 부수고 클리어하면 좋을 것 같은데. 목소리가 또 들려왔다.

"이것 보십시오. XX새끼입니다. 감히 스승님께 반말을 지껄이는 것으로도 모자라 아주 오만불손하고 건방진 모습까지 보이고 있습니다. 저런 새끼는 그냥 태생부터 글러먹은 XX새기입니다."

한스가 고개를 끄덕였다.

"아무래도 아주 매서운 마법의 맛을 보아야 정신을 좀 차리 겠구나."

그러고서 변명처럼 덧붙였다.

"유령화 마법은 아주 유용한 능력이 있다."

유용한 것치고는 상당히 오래 생각한 것처럼 보이긴 했지만 하여튼 있기는 있단다.

"외부 영향에 많이 자유로워진다. 이를테면 공기가 별로 없는 하늘 위라든가. 물속이라든가."

"아. 공기 없이도 숨을 쉴 수 있다고?"

그런데 그것도 아니다. 그냥 좀 더 자유로워지고 좀 더 편해 지는 것뿐. 그냥 반쪽짜리 마법에 불과했다. 유령 형태로 변하 긴 변하는데, 반만 변해서 영향력도 반만 행사할 수 있는 정도.

한주혁이 말했다.

"개구린 마법이네."

그 말에 한스의 얼굴이 붉게 달아올랐다. 그 모습을 보며 파 크유는 회심의 미소를 지었다.

'한스. 저 새끼 열 받았다.'

마법에 대한 자부심이 엄청난 NPC다.

"이 염병할 고자 놈이!"

그 시점에서 이미 한주혁은 결심했다. 공격불가 설정이 풀 리는 그 순간. 한주혁 자신이 할 수 있는 가장 빠른 속도로 이곳을 클리어하기로.

아무래도 계속 듣고 있으면 귀가 오염될 것 같다. 오래 말을 섞고 싶지 않았다.

한편 파크유는 속으로 응원했다.

'아무나 이겨라! 아무나 뒤져라!'

둘 중 아무나 이겨도 된다. 일단 저 플레이어 놈이 죽으면 아주 유용한 아이템을 드랍할 것 같다. 퀘스트의 흐름상 저놈을 죽이는 것이 하나의 전환점이 되는 것 같다.

말하자면 인생 퀘스트. 인생에 단 한 번뿐인 기회. 그 정도가 되지 않을까 싶다.

'아주 만약에…… 저놈이 한스를 죽여도.'

그래도 괜찮았다.

'내 퀘스트 클리어 조건은 한스를 죽이는 거지.'

이 조건은 한스가 직접 내걸은 조건이다. 자신을 죽여라. 그래야만 이곳을 빠져나갈 수 있을 것이다. 내가 죽으면 나의 모든 유산이 너에게 자연스레 흘러들어 갈 것이다.

한스가 직접 이렇게 얘기했다.

'내가 안 죽여도, 저 미친 새끼가 죽여주면 유산은 내 거잖아?'

뭐가 어찌됐든 자신에게 유리하게 될 거다.

'다만……'

딱 하나. 전제조건이 있다. 그는 퀘스트 상세설명을 다시 한

번 확인해 봤다. 이미 수백 번도 넘게 확인했지만 한 번 더 확인했다.

메인 퀘스트의 지류답게. 대퀘스트의 지류답게 상세설명이 상당히 자세했다.

〈상세설명〉

한스의 사망이 인정되었을 때 한스의 유산이 보상으로 주어집니다.

1) 직접 사살의 경우 한스가 지정한 모든 유산이 인벤토리에 직접 전송됩니다.

2) 간접 사살의 경우 한스가 지정한 모든 유산의 절반이 인벤토리에 직접 전송됩니다. 단, 전송되는 유산의 항목은 랜덤으로 설정됩니다.

3) 간접 사살은 세 가지 경우로 나누어집니다.

-타 플레이어/NPC에 의한 사살(단, 3초 이내에 사살 시 보상은 사살의 주체에게 넘어갑니다.)

-고의 혹은 실수로 인한 한스의 자살

-천재지변에 준하는 자연재해에 의한 사고

간접 사살은 세 가지 경우로 나누어진단다. 한스의 자살이나 자연재해의 경우는 거의 가능성이 없다고 보면 됐다.

'한스 저 새끼가 변태 싸이코 병신이긴 하지만……'

그래도 자살이 동반될 만큼 위험한 마법실험을 자주 하지는 않으니까.

'정말 만에 하나라도. 진짜 가능성은 전혀 없지만 아예 없다고 봐도 되지만, 그래도 저놈이 한스를 죽인다면……?'

그러면 간접 사살의 첫 번째 경우에 해당한다. 타 플레이어에 의한 사살.

파크유가 씨익 웃었다. 방송으로 하지 않고 혼잣말로 중얼거렸다.

"아무리 네가 존나 센 플레이어라고는 해도, 한스를 3초 만에 죽일 수 있겠어?"

이건 그냥 불가능하다고 보면 된다. 그 대단하다는 절대악쯤 오면 모를까.

"아니 솔직히 절대악이라고 해도 3초 안에 한스를 어떻게 죽여?"

그가 보기에 한스는 상당히 클래스가 높은 마법사다. 플레이어 마법사보다 NPC 마법사의 힘이 훨씬 강력하다. 플레이어처럼 단순 스킬을 사용하는 것이 아니라, 마나의 원리를 이해하고 사용한다는 설정이니까.

"3초 안에 못 죽이면 어차피 유산은 내 거."

자신이 직접 죽이면 100퍼센트의 유산을 갖는 거고, 남이 죽여주면 50퍼센트의 유산을 갖는 거다. 대신 빨리 이곳을 탈출할 수 있다.

"그니까 어쨌든 누가 이기든 다 개이득."

그래서 편안하게 지켜보기로 했다.

"뭐. 어차피 한스가 이기겠지만."

저놈이 대단한 히든 클래스인 건 알겠다. 저 저레벨. 그러니까 겨우 25 주제에 이렇게 강한 힘을 가졌다는 건, 성장 가능성이 어마어마하다는 거니까.

'혹시 그 요즘 유명해지고 있다는 적대악인가?'

에이. 아니겠지. 그놈처럼 중앙무대에서 이름을 얻기 시작한 놈이 왜 갑자기 이 땅끝마을까지 왔겠어?

'게다가 여기는 절대악의 힘이 강하게 미치는 곳인데.'

적대악으로 유명세를 얻고 있는 플레이어가 절대악의 영지나 다름없는 젤르두아로 오겠는가. 아니겠지.

'뭐 적대악이든 절대악이든 뭔 상관이야?'

그냥 후드려 패면 되는데.

"스승님. 저 XX새기를 더욱 병신으로 조져 주세요!"

전투가 시작됐다. 파크유의 예상으로는 이 전투는 한스의 압도적인 승리로 끝나야 했다. 당연히 그럴 것이라 생각했다. 시간도 오래 걸리지 않을 거라고 예상했다. 그의 예상이 반쯤은 맞았다. 시간이 얼마 안 걸렸다. 안 걸린 정도도 아니고, 시작되자마자 끝났다.

검은 잿더미 앞에서 한주혁이 말했다.

"패드립은 나쁜 거다."

그리고.

"부모님 욕은 하면 안 되는 거야. 정신 차려."

점잖게 말했다. 그래. 아니, 그래도 올림푸스도 게임인데. 게임을 즐기면서 해야지 왜 부모님 욕을 하면서 안녕하심을 물어?

파크유는 바닥에 철푸덕 주저앉았다.

"뭐, 뭐야, 저 새끼……?"

그의 눈으로는 제대로 보지도 못했다. 그냥 뭔가 번쩍 했는데 끝나 있었다. 전투가 시작되자마자 끝났다. 아니, 시작을 한 건지도 모르겠다.

"……"

파크유는 두 눈을 비벼봤다.

'시, 시간……! 시간을 확인해야 돼!'

3초만 넘기면 된다. 그런데 이미 불안했다. 3초는커녕 1초도 안 걸렸을 거 같다.

'시간이……!'

제발. 3초만 넘지 말아라. 3초만 안 넘었으면 그래도 보상은 내 건데.

'이런 시바 미친 새끼가 다 있나!'

저놈은 진짜 미친놈임에 틀림없었다. 아무래도 패드립 때문에 화가 난 것 같았다. 전투가 허용되자마자 마법을 한 방 날린 것 같았는데(파크유는 그 마법이 뭔지도 못 봤다) '번쩍' 함과 동시에 한스가 사망했다.

-간접 사살이 확인됩니다.
-간접 사살의 첫 번째 경우로 확인됩니다.

간접 사살이 확인됐다. 간접 사살의 첫 번째, 타 플레이어가 죽인 것이란다.

파크유가 얼굴을 부여잡았다. 양 볼을 마구 비볐다.

-전투 시작 후 사살까지 걸린 총 시간은 0.3초 입니다.

이 사실을 믿기 힘들었다.

"이거 실화냐?"

어떻게 3초도 안 돼서 저 망할 영감탱이를 죽인단 말인가. 이게 말이 되는 건가. 이거 현실인가.

전 세계 최강의 플레이어라 칭송받는 절대악이라고 해도. 아무리 그 절대악이라도 이건 불가능한 일이 분명했다. 적어도 파크유의 시선과 눈높이에서는 그랬다.

"미친……"

첫 번째 비장의 패라 할 수 있는 한스가 어이없어 패망했다.

그냥 뭐가 번쩍 하니까 죽었다. 전투라고 볼 수도 없었다.

파크유는 뻔뻔하게 말했다.

"역시 님은 쩌는 님이구나! 고맙습니다. 형. 형 덕분에 이 거지같은 곳에서 탈출할 수 있게 됐어요! 개고수님 짱!"

그러고서 마지막 비장의 수를 사용하기로 했다.

한주혁은 알림을 들을 수 있었다.

-한스를 사살하였습니다.

-퀘스트. 괴짜 마법사의 동굴 클리어 조건을 일부 만족하였습니다.

역시 C등급 플레이어들에게 맞춘 난이도라 그런지 아주 쉬웠다.

보스 몬스터(사실은 보스 NPC에 가깝지만)도 공용 마법 한 방에 죽어버렸다. 가끔은 초보존 와서 노는 것도 재미있다는 것을 다시 한번 느꼈다.

-축하합니다!

-히든 피스 한 조각을 만족하였습니다!

그 히든 피스 한 조각의 정체는 바로 '3초 내에 한스를 사살하는 것'이었다.

-뛰어난 실력을 가진 플레이어에게 한스의 유산이 주어집니다.

괴짜 마법사 한스의 유산이 한주혁에게 주어졌다.

인벤토리에 직접 전송되는 형태의 보상이었다. 이것은 '퀘스트. 괴짜 마법사의 동굴' 보상과는 별개로, 퀘스트 내의 히든 피스를 만족하여 얻어낸 보상이었다.

한주혁이 히든 보상을 확인하려던 그 찰나. 필드에 변화가 생기기 시작했다.

이 퀘스트를 완벽하게 클리어하기 위해서는 푸락셀에게 돌아가 보고를 해야 한다.

그래야 퀘스트가 완전히 클리어된다. 결과적으로 말하자면 이곳을 빠져나가야 한다는 소리다.

그런데 문제가 조금 생겼다.

'이렇단 말이지.'

한주혁이 주위를 둘러봤다. 발아래에는 한스의 검은 잿더미. 그리고 눈앞에는 열린 문이 보였다. 그 열린 문을 통해 바닷물이 엄청나게 빠른 속도로 스며들었다.

물은 순식간에 한주혁의 종아리를 지나 무릎을 지나 허리까지 차올랐다.

목소리가 들려왔다.

"여기서 그냥 뒤져라! 익사 만세다, XX새끼야!"

한주혁은 히든 피스를 만족시켜 얻어낸 보상들을 살펴봤다.

'괴짜 마법사라더니.'

정말 괴짜 같은 마법서 세 개가 주어졌다. 마법서 세 개가 인벤토리에 들어왔다.

<반쯤은 유령이 되는 유용한 마법서>
<자웅동체를 향한 열정이 담긴 마법서>
<깊고 깊은 웅덩이를 파는 마법서>

'이름만 봐도 쓰레기다.'

괴짜 마법사답게. 정말 괴짜 같은 마법만 줬다. 유령이 되는 것도 아니고 반쯤 유령이 되는 마법서. 자웅동체를 향한 열정이 담긴 마법서. 깊고 깊은 웅덩이를 파는 마법서. 이딴 걸 어디다가 쓴단 말인가.

'그나마 익히는 제한 조건이 없다는 거?'

그게 그나마 있는 장점이다. 심지어 지능 스텟 40 이상이면 검사 클래스도 익힐 수 있는 마법서다. 효용 가치는 모르겠다만.

그때. 목소리가 들려왔다.

"여기서 그냥 뒤져라! 익사 만세다, XX새끼야!"

물이 허리까지 차오른 건 순식간이었다. 이곳은 해저동굴의
형태를 하고 있는 곳. 한스의 제자인지 뭔지 모르겠는 저놈이
수를 부린 것 같았다.

'익사를 시키겠다고?'

정 못 빠져나가겠으면 공격불가 설정인 이 퀘스트 던전을 부
수고 나가면 된다. 케르핀의 낙서장이 괜히 있는 게 아니니까.

한주혁이 씨익 웃었다.

"친구야."

말해줄 게 있다.

"공용 마법도 누가 쓰느냐에 따라 그 효과가 완전히 달라지
거든?"

한주혁이 쓰면 그냥 공용 마법도 레전드급 이상의 훌륭한
마법으로 탈바꿈하기 마련이다.

그냥 파이어볼. 그냥 에너지볼트. 그냥 워터볼. 그 모든 것
들 하나하나가 궁극기가 된다.

'그럼 이건?'

그래서 한 번 써봤다.

-깊고 깊은 웅덩이를 파는 마법서를 사용하시겠습니까?

-깊고 깊은 웅덩이를 파는 마법서를 한 번 사용하면 복구할 수
없습니다.

-깊고 깊은 웅덩이를 파는 마법서를 소모하여 깊고 깊은 웅덩

이를 파는 마법을 습득합니다.

그렇게 급박한 위기도 아니고, 그냥 한 번 써봤다. 그랬더니.

-히든 클래스 블랙 위자드를 확인합니다.
-히든 클래스 블랙 위자드와 마법의 상성이 매우 뛰어납니다.

블랙 위자드와 상당히 상성이 뛰어난 마법이란다.
'어?'

이런 전개는 예상하지 못했는데. 굳이 따지자면 절대악 쪽에 우호적인 세력이라 할 수 있는 젊은 영웅 칸트와 그를 따르는 대도 블랙.

그들과 관련되어 있는 퀘스트에서 '블랙 위자드'와 상성이 매우 좋은 마법서를 획득했다?

'이거 역시 이어지는 퀘스트네.'

그러니까 굳이 설정값을 따져보자면.

'괴짜 마법사 한스가…… 절대악과 관련이 있다는 설정인가?'

그러면 얘기가 된다. 절대악과 관련이 있는, 아주 손톱만큼이라도 연관이 있는 한스를 처단함으로써 업적을 쌓고 그를 통해 '대도. 블랙을 찾아라!' 퀘스트의 중심부로 나아갈 수 있게 되는 것 같다.

'블랙 위자드는, 절대악 쪽에 속한 클래스니까.'

덕분에 재미있는 알림이 들려왔다.

-깊고 깊은 웅덩이를 파는 마법이 클래스와의 상성 효과로 상승 마법으로 진화합니다.
-깊고 깊은 웅덩이를 파는 마법이 '깊고 깊은 교묘한 함정을 파는 마법'으로 진화합니다.

이름이 상당히 길었다. 깊고 깊은 교묘한 함정을 파는 마법이라니.

'이게 함정?'

한주혁이 보기에는 딱히 함정처럼 보이지 않았다. 겉으로 봤을 때에는 뭐가 달라진 건지 모르겠다. 일반적인 육안으로 보면 그랬는데, 한주혁 스스로가 보는 시야에서는 그렇지 않았다.

'이게 몇 미터냐?'

못해도 100미터는 될 것 같다. 날개가 없다면, 빠져나오기 매우 힘들 것 같다. 게다가 함정답게, 벽면이 매우 미끄러운 성질을 가졌는데 벽을 타고 올라온다는 것은 거의 불가능에 가까웠다.

'물이 저쪽으로 빨려 들어가네.'

깊이 100미터의 함정. 눈으로 보기에는 별다른 변화가 없었지만 어쨌든 물이 100미터 아래부터 계속 차올랐다. 다만, 밀려들어 오는 물의 양이 너무 많아서 티가 나지 않을 뿐.

지금은 물이 가슴까지 차오른 상태. 이왕 써보는 김에 다른 마법도 써봤다. 아까와 같은 알림이 들려왔다.

-반쯤은 유령이 되는 유용한 마법서를 사용하시겠습니까?

-반쯤은 유령이 되는 유용한 마법서를 한 번 사용하면 복구할 수 없습니다.

-반쯤은 유령이 되는 유용한 마법서를 소모하여 반쯤은 유령이 되는 유용한 마법을 습득합니다.

이번에도 마찬가지로 히든 클래스 블랙 위자드를 확인하고 그 상성 효과로 인하여 마법이 진화한다고 알림까지도 이어졌다.

-진짜로 유령이 되는 유용한 마법을 습득하였습니다.

한주혁이 씨익 웃었다.

-유령화 상태로 전환이 완료되었습니다.

-유령화 상태에 관한 자세한 설명은 스킬창에서 확인하실 수 있습니다.

한주혁이 상세설명을 열었다.

<상세설명>

유령화 상태로 전환이 가능합니다. 유령화 상태에서는 물리적 영향에서 자유롭습니다. 인류의 생존에 필수적인 햇빛, 물, 음식이 없어도 생존이 가능합니다. 단, 유령화 상태에서는 그 어떠한 공격도 불가능하며 마법 혹은 마나를 활용한 공격에는 데미지를 입습니다.

쉽게 말해 유령이 된다는 거다. 벽도 마음대로 통과할 수 있다. 음식을 먹지 않아도 생존이 가능하다. 공기가 없어도 된다. 마나를 활용한 공격이 없는 한, 극한 상황에서도 얼마든지 살아남을 수 있는 마법이었다.

'아주 좋네.'

마치 지금 상황에 쓰라고 만들어준 마법 같지 않은가. 한주혁의 목까지 물이 차올랐다.

'유령 되면 물속에서도 자유로운 거잖아?'

물이 아니라, 우주 공간에 나가도 자유롭다. 유령화 마법은 그런 힘을 가졌다. 그 사실을 알 리 없는 파크유가 신나서 말했다.

"뒈져라! XX새끼야!"

네깟 놈이 아무리 세더라도 익사를 피할 수 있을 거 같으냐?

'생각보다 물이 좀 늦게 찼네?'

함정이 발동되었다는 것을 모르는 파크유는 생각보다 물이 좀 늦게 찼다는 걸 잠깐 이상하게 생각했을 뿐, 깊게 생각하지는 않았다.

드디어. 놈의 얼굴까지 물에 잠겼다. 모습이 보이지 않았다. 그래도 목소리는 들릴 거라 생각했다.

"넌 여기서 뒈지고 아이템을 전부 드랍할 거야."

이곳은 그런 곳이니까.

"물이 빠지고 나면 그 아이템은 전부 내 것이 되는 거지."

저놈의 아이템. 최소 레전드급 이상의 아이템이다. 저 아이템만 먹을 수 있으면 평생 떵떵거리면서 살 수 있을 것 같다.

파크유가 히히히 웃었다.

"네가 태어나서 처음으로, 네 엄마한테 효도하는 거야."

이제 시간만 좀 지나면 된다. 저놈은 잿더미가 될 거고 이 특수한 공간에서 100퍼센트 아이템을 드랍하게 될 것이다.

꺄악

시간이 흐른 뒤. 파크유는 물을 뺐다. 한스가 있던 곳을 향해 걸어갔다.

'뒈졌겠지?'

검은 잿더미를 열심히 찾았다. 그 주변에 아이템이 드랍되어 있을 테니까.

"왜 없어?"

아이템을 빨리 얻어서 이 지겨운 곳을 빠져나가고 싶은데.

"뒈졌으면 아이템을 무조건 드랍했을 텐데?"

찾고 또 찾았다. 그런데 없었다.

"이상하네."

왜 아무것도 없지? 분명히 뒤졌을 텐데. 아무리 고수라도 물속에서 30분이 넘게 있었는데. 안 죽었을 리 없다. 놈이 무슨 유령 같은 게 아니라면, 반드시 죽었을 거다.

"설마 물 뺄 때 휩쓸려 나갔나?"

그럴까 봐 일부러 물을 천천히 뺐다. 물이 빠져나가는 출구 쪽에 망도 쳐놨다.

"아이씨. 진짜 어디 있는 거야?"

그런데 그때. 목소리가 들려왔다.

"뭐 찾냐?"

"으, 으아아아아악!"

파크유는 깜짝 놀랐다.

"너, 너, 너, 너……!"

분명히 죽었을 거라고 생각했는데. 반드시 그럴 거라고 생각했는데.

"어, 어, 어, 어떻게 사, 사, 살아 있어!"

마치 귀신을 본 것처럼 놀란 그는 뒷걸음질 쳤다.

"내가 그냥 가려다가."

실제로 보는 건 처음이다. 어린놈도 아니었다. 말투를 보아 아주 어린애인 줄 알았더니 30대 중반 전후인 것 같았다.

"패드립을 치면 벌 받는다는 건 좀 알려줘야 할 거 같아서."

그 이유도 있고, 어쨌거나 이 던전 비스름한 필드의 준 보스 급이라 할 수 있는 저 플레이어를 직접 한번 만나보고 싶었다.

절대악과 연관이 되어 있는 연관점을 찾았으니, 단서 하나라도 더 얻으면 좋을 것 같았으니까. 뭔지 모르겠으면 일단 꿀밤이라도 한 대 때려주면 더 좋을 것 같고.

'뭐 달리 특별한 건 없는 거 같네.'

이곳의 히든 피스는 한스 하나밖에 없는 것 같다.

"엉덩이 대라. 패드립은 안 되는 거야."

"어, 어, 어, 씨발!"

한주혁이 걸음을 옮기자 파크유는 뒷걸음질 쳤다. 이 상황을 믿을 수가 없었다.

"마, 마, 말도 안 돼!"

"응. 말 돼."

말도 안 된다는 말. 너무 많이 들어서 이제 귀에 딱지가 앉을 지경이다. 한주혁도 절대악을 플레이하면서 알았다. 이 세상에는, 생각보다 훨씬 더 많은 '말도 안 되는 일'이 자주 벌어진다.

파크유가 비명을 질렀다.

"으, 으어어억!"

뒷걸음질 치다가 무언가에 빠졌다.

"씨, 씨발 이게 뭐야!"

물이었다. 눈으로 봤을 때는 분명히 땅이었는데. 그는 나름 헤엄을 칠 줄 안다.

-깊고 깊은 함정의 특수효과에 의하여 물에 뜰 수 없습니다.

몸에 추를 달아놓은 것처럼 자꾸만 몸이 아래로 빨려들어 갔다.

"어푸! 어푸! 어푸푸!"

어떻게든 물 위로 나오려고 했으나 불가능했다. 자꾸만 몸이 가라앉았다.

"사, 살려줘!"

"익사 만세라면서?"

별거 없는 거 같다. 그냥 여기서 안녕을 말하기로 했다.

"안녕."

한주혁은 미련 없이 발길을 돌렸다. 준 보스에게서는 딱히 무언가를 얻을 수 없었다.

'그러고 보니…… 익사 당하면 괴로운가?'

보통의 경우는 고통을 느끼지 않는데 놈의 반응을 보아하니 고통을 느끼고 있는 것 같았다.

'자업자득이지.'

푸락셀에게 보고를 해야 이 퀘스트가 끝이 난다. 보고를 하러 가기로 했다.

파크유는 한참을 괴로워하다가 사망했다. 캡슐을 열고 밖으로 나온 그는 한참이나 거친 숨을 몰아쉬었다.

"씨발. 진짜 뒤지는 줄 알았네."

정말 괴로웠다. 그놈. 어디서 이런 개 같은 마법을 배워왔는지 모르겠다. 진짜로 숨을 못 쉬게 하는 마법이라니. 정말로 죽음을 눈앞에서 경험한 것 같은 느낌이었다.

이윽고 정신을 차린 그는 다리에 힘이 풀려 쓰러졌다.

"미친……."

생각해 보니, 그는 부활 스팟이 죽었던 그 자리다. 괴짜 마법사 한스의 동굴에 들어간 그 시점에 그렇게 설정되었다.

한스가 죽었으니 빠져나갈 수는 있는 상황이었는데, 부활 스팟을 새로이 지정을 해놔야 그곳에서 부활이 가능하다.

"나…… 이제 다시 접속하면……."

접속하면 그 물웅덩이에서 부활한다.

"미친……."

접속하자마자 또 그 개 같은 함정에 빠져서 허우적대다가 죽는 거다. 깊이가 어느 정도인지는 모르겠지만 단시간에 빠질 것 같지는 않았다.

만약 누군가가, 제삼자로서 이 상황을 전부 지켜봤다면 이렇게 말을 했을 것이다. '그냥 캐릭 삭제하는 게 나을 거야'라고 말이다.

부활해 봤자 어차피 그 자리에서 익사 당해 죽는다. 파크유는 전혀 모르고 있지만 만약에 물이 빠진다 할지라도, 그는 거기서 빠져나올 방법이 없다.

깊이 100미터의 함정. 그것도 무려 블랙 위자드 한주혁이 만든 함정에서 무슨 수로 빠져나오겠는가.

그 사실을 알 리 없는 파크유는 헛된 희망을 품었다.

"그래도 며칠만 있으면 물이 빠질 거야."

분명히 빠지기는 빠질 거다. 그때, 재접속을 하면 된다. 그러면 나름 히든 클래스인 지금의 캐릭터, 파크유로 플레이가 가능할 거다. 앞으로 다시는 파크유로 플레이하지 못하겠지만, 어쨌든 지금 이 시점에서 그는 희망을 품었다. 얼마 지나지 않아 깨져 버릴 가여운 희망을.

한편, '괴짜 마법사 한스의 동굴'에서 빠져나온 한주혁은 매우 만족스러운 미소를 지었다.

그가 미소를 지은 이유는 다른 게 아니었다. 예상하지 못했던 이 상황이 굉장히 마음에 들었기 때문이다.

"그래. 바로 이거지."

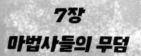

7장
마법사들의 무덤

　한주혁이 밖으로 나왔을 때. 밖에는 이미 푸락셀이 대기하고 있었다.

　퀘스트를 내린, 더 완곡하게 표현하자면 부탁을 한 푸락셀은 여러모로 마음이 불편했다.

　다른 플레이어들을 뜯어먹지 못해 아쉬운 것도 아쉬운 거지만, 어쨌거나 절대악에게 부탁을 했으니 마음이 편할 리가 없다. 그래서 굳이 이곳까지 행차했다.

　한주혁은 흡족했다. 다만 조심할 건 조심해야 했다.

　-형님이라고 하지 마라.

　혹시 보는 눈이 있을지도 모른다.

　물론, C등급 플레이어에게 주는 퀘스트. 제국 입장에서 보면 그냥 쓸데없는 퀘스트다.

감시가 붙어 있다거나 하지는 않겠지만 그래도 조심해서 나쁠 건 없었다.

-그리고 나를 일반 플레이어 대하듯 대해.

-혀, 형님?

푸락셀은 순간 당황했다. 어떻게 일반 플레이어 대하듯 한단 말인가. 어떻게 감히 그럴 수 있단 말인가.

한주혁이 말했다.

-너는 여기 퀘스트 탐사를 위하여 직접 행차한 것뿐이고, 우연히 나를 만난 거다. 알겠냐?

-아, 알겠습니다.

-나를 C등급 플레이어라고 생각하고, 레벨 25 정도라고 생각하고 대해봐.

푸락셀이 말했다.

"너는…… 누구더라. 나한테서 퀘스트를 받아간 그 허접한 새끼였던가?"

그렇게 말해 놓고 푸락셀은 찔끔 놀랐다. 괜히 찔려서 이렇게 물었다. 겉으로는 강한 척했지만 속으로는 똥줄이 바짝바짝 타들어 갔다.

-형님. 저 이거 진심 아닙니다. 형님이 시키신 겁니다.

-그래.

어딘가 묘하게 진심이 들어가 있는 것 같은 모양새이긴 했지만, 한주혁 스스로가 시킨 거다. 이런 걸로 기분 나쁘거나 하지는 않았다. 솔직히 말해 한주혁은 별생각 없었다. 당사자는 별생각 없는데, 푸락셀 혼자서 눈치를 보며 끙끙대고 있을 뿐.

푸락셀은 좀 슬퍼졌다.

'아이씨. 이게 무슨 개똥 같은 상황이냐!'

예전에 줄을 잘못 탔다. 저 인간 같지도 않은 플레이어에게 괜히 대들었다가 이런 꼴을 면치 못하고 있다. 차라리 그때 잘 보여 놓을걸. 또 이 대퀘스트가 주어졌을 때, 재지 말고 그냥 아무 호구나 잡고 물어뜯을걸.

'그랬으면 내가 직접 이렇게 안 오고 편했을 텐데.'

일반 플레이어에게 퀘스트를 주면 그냥 편안하게 옥좌에 앉아 기다리면 될 일이었다.

눈앞의 저 플레이어가 일반 플레이어가 아니기에, 그 이름도 유명한 절대악이자 자신의 형님이기에 이렇게 직접 움직일 수밖에 없었다.

한주혁은 예상하지 않았고, 또 기대하지 않았지만 푸락셀은 응당 이렇게 움직여야만 했다.

"허접한 놈이 운 좋게 잘 탈출한 모양이구나."

"그렇습니다. 퀘스트 클리어 조건을 만족하여 나왔습니다."

한주혁이 귓말로 말했다.

-대충 빨리 인정해라.

푸락셀의 등에서 식은땀이 흘러내렸다. 퀘스트 클리어 인정을 빨리 하지 않으면 저 주먹에 얻어맞을 것 같다.

지금 마법사의 모습을 하고 있지만 저 주먹은 마법사의 주먹이 아닐 것이 틀림없었으니까.

저 주먹은 젤르두아의 패자 푸락셀조차도 한 방에 때려눕히는 주먹이었으니까.

'무슨 마법사가 저래?'

애초에 저분을 마법사라고 할 수 있을지 모르겠다. 어쨌거나 마법사로 행세하고 있고, 마법을 사용하며, 또 마법과 관련돼 퀘스트를 이어갈 거 같기는 하다만.

저 사람을 마법사라고 정의 내리는 게 맞는 건지 좀 헷갈렸다.

"기대하지 않았는데. 이 어렵고도 험난한 퀘스트를 잘 클리어했구나."

푸락셀은 정해진 값답게, 어렵고도 험난하다고 표현했다. 물론 말을 하는 푸락셀도, 듣고 있는 한주혁도 아주 잘 알고 있다.

전혀 어렵지 않았다. 그냥 대충 하면 되는 정도다.

"고생 좀 했습니다."

그 말에 푸락셀은 또 뜨끔했다. 당사자인 한주혁은 정말 아무 생각이 없다.

'서, 설마 내가 형님을 고생시킨 건가?'

이럴 줄 알았으면 NPC 몇 명을 좀 붙여줄 걸 그랬나. 그래서 형님 좀 피곤해지셨나. 그러면 큰일인데.

"여, 역시 험난하고도 어려운 퀘스트여서 힘들었겠군"

한때, 호기롭게도 절대악의 프루나를 접수하겠다며 대군을 일으켰던 푸락셀은 이제 아주 많이 작아졌다.

작아진 정도로 치자면 거의 먼지급이라 할 수 있겠다.

-혀, 형님. 그런데 제가 좀 어려운 말씀을 드려야겠는데요…….

푸락셀의 수난은 거기서 끝나지 않았다.

한주혁은 아주 바쁘다.

절대악으로서. 또 적대악으로서. 올림푸스를 플레이하는 것도 일단 바쁘다. 바쁜데 영향력도 매우 크다.

말 한마디, 행동 하나하나가 대한민국을 좌지우지할 정도다. 오죽하면 이런 말도 있다.

"절대악 가라사대."

요즘 젊은 층 사이에서 유행하는 유행어다. '절대악 가라사대'인데, 절대악이 말하면 무엇이든 이루어진다는 뜻이다.

"절대악 가라사대, 대통령 해라 얍! 하면 대통령이 된다던데요?"

천세송은 그 말이 재미있다는 듯 킥킥대고 웃었다. 농담으로 하는 말이고, 단순히 유행어일 뿐이지만 이 말이 진실이라는 것도 재미있었다.

천세송은 공원 벤치에 앉아 한주혁의 어깨에 머리를 기대고 앉아 있는 상태. 한주혁은 그런 천세송의 머리를 살살 쓰다듬으면서 사람들이 지나다니는 것을 구경했다. 공원은 평화로웠다.

개를 데리고 산책하는 여자도 보였고, 어린아이의 손을 붙잡고 천천히 걷고 있는 아빠의 모습도 보였다.

"그건 좀 과장된 얘기야. 대통령은 내가 뽑는 게 아니잖아?"

천세송은 그 말에 딱히 대답하지 않았다. 오빠만 제대로 인정하지 않고 있을 뿐, 이미 대한민국 국민 대부분이 인정하고 있다. 절대악이 지지해 주지 않았다면 지금의 조해성 대통령은 없었을 테니까.

세계를 좌지우지하는 절대악 커플이지만, 밖에서는 남들과 똑같았다.

남들과 똑같이 데이트를 즐겼다. 다만 그 주변에 미국과 러시아를 비롯하여 이제는 한국의 특수 경호원들이 한주혁 본인도 모르게 호위를 하고 있다는 것이 다를 뿐.

"그런데 왜 마법사의 동굴 보상이 미뤄진 거예요?"

"설정이 그렇대. NPC들이 직접 7일 정도 탐사를 해야 한다나 뭐라나."

"그럼 오빠, 7일 동안은 좀 여유 있게 플레이하는 거예요?"

"그렇기도 하고. 프루나랑 데르앙 같은 곳 정비도 좀 하고. 혹시 우리 사냥터에서 갑질하는 대형 길드가 있는지 감사도 좀 해야 하고. 할 게 좀 많네."

앱솔루트 네크로맨서인 천세송은 적대악인 앤서(한주혁의 블랙 위자드 클래스 닉네임)와는 함께할 수 없다. 요즘은 같이 플레이하는 시간이 많이 줄었다.

"저 칭찬받을 거 하나 말해도 돼요?"

"뭔데?"

"요즘 연합을 대신하는 길드들이 많이 생겼잖아요?"

요즘 추세가 그렇다. 한주혁이 사냥터를 자유 개방함에 따라, 예전처럼 회사 규모의 연합이 아닌 '진짜 게임들'처럼 자유롭게 가입하고 탈퇴하는 길드들이 늘어나고 있다. 그러한 길드 중에서 역시 유명하고 실력 있는 대형 길드들이 나타나기 마련.

"그중에서 자꾸 오빠가 풀어준 사냥터를 자기들이 독점하고 이득을 독식하려는 길드들이 많이 있었단 말이에요?"

물론 제 나름대로 유명하고 실력이 있다고 해봐야 한주혁은 별로 신경 쓰지 않는다.

그들까지 신경 쓰기에 한주혁은 너무 바쁘다. 원래 말년병장쯤 되면 새로 들어오는 이병들은 딱히 신경 쓰지 않고 이름도 기억 못 한다. 그것과 비슷했다.

"그래서 제가 혼내줬어요."

재미있는 건 앱솔루트 네크로맨서가 그렇게 행동함에 따라 '정의와 원칙이 통하는 사회'가 구현되고 있다는 것.

실제로 매우 유명한 인터넷 논객 3충성은 이렇게 표현했다.

-앱솔루트 네크로맨서가 직접 움직일 필요가 없음에도 직접 움직인다는 것은 많은 것을 의미함. 이것은 절대악이 기득권의 횡포와, 이전 대연합들이 가졌던 특권을 결코 용납하지 않겠다는 것을 시사하는 것임. 그렇지 않고서야 절대악의 최측근 중에서도 최측근이라 할 수 있는 앱솔루트 네크로맨서가 직접 움직일 리 없음.

앱솔루트 네크로맨서는 1인 군단이다. 플레이어들 수십, 수백 명이 모여 있어도 상대가 안 된다. 대규모 집단전에 있어서만큼은 발군의 기량을 발휘하는 클래스다.

아무리 대형 길드고 유명길드라 해도 앱솔루트 네크로맨서 앞에서는 뱀 앞의 개구리 신세다.

-상식이 통하는 사회. 원칙이 지켜지는 사회. 절대악은 그걸 말이 아닌 행동으로 보여주고 있음. 기존 정치하는 놈들이 외쳐대던 말 말고. 진짜 행동으로 보여주는 것임. 물론 나는 객관적인 시선의 인터넷 논객임. 사심 따위 전혀 들어가 있지 않은 매우 냉철한 분석임을 강조함.

이러한 내용은 인터넷과 SNS를 타고 빠르게 번져 나갔다. 형렐루야 연합은 점점 더 덩치를 불려갔고 절대악을 지지하는 세력들은 더더욱 절대악을 지지하게 됐다.

천세송 입장에서는 시간 남을 때 뭘 할까, 어떻게 하면 오빠한테 조금이라도 도움이 될 수 있을까를 생각해서 행동한 것

뿐인데 이것은 또다시 '절대악 찬양론'과 '상식이 통하는 사회
설'을 불러일으켰다.

　이것은 하나의 커다란 사회적 파장이었고 사회적 파도였다.

　한주혁은 피식 웃고서 천세송의 어깨를 감싸 안았다.

　"잘했어."

　물론 한주혁은 천세송이 이렇게 내조 아닌 내조를 함으로
써, 자신에게 매우 유리한 여론이 계속해서 형성되고 있다는
것을 신경 쓰지 못했다.

　그런 것들을 전부 신경 쓰기에 한주혁은 너무 바빴으니까.
그냥 그런가 보다 할 뿐. 형렐루야, 형멘도 처음에는 거북스러
웠는데 이제는 그냥 그러려니 하는 중이다.

　천세송은 한주혁의 품에 조금 더 깊게 파고들었다.

　"아싸. 오빠한테 칭찬 들었다."

　둘은 여느 연인들처럼, 평범하고 평온한 대화를 이어갔다.

　푸락셀의 수난은 끝나지 않았다.

　"그, 그렇습……."

　그렇습니다, 형님. 할 뻔했다. 아. 이거 아니지.

　"그렇다. 허접 마법사."

　7일간의 수색. 마법사의 동굴을 탐색했다. 그곳에는 '괴짜

마법사 한스의 일지 등이 기록되어 있었고 미친 플레이어 하나가 물웅덩이에 빠져 살려달라고 고함을 질러대고 있었다. 건져놓고 보니 그놈의 이름이 파크유란다.

한주혁이 말했다.

"그 동굴. 뭔가 수상해 보였습니다."

푸락셀은 이렇게 느꼈다. 어서 수상하다고 말해. 저곳은 수상한 곳이야. 얼른 인정해라. 푸락셀. 한 대 얻어터지고 싶지 않으면.

"그, 그렇지. 아주 수상했다."

다만 말을 하는 푸락셀도 뭐가 수상한 건지 모르겠다.

-절대악이랑 관련이 있는 아주 불길하고 음흉하고 끔찍한 곳이었지.

-……예?

푸락셀은 울고 싶었다. 지금 저 말을 내 입으로 하라고? 절대악 앞에서? 아무리 절대악이 시켰다지만. 그 말을 하는 순간.

'이 말을 루펜달 그놈이 들으면…….'

아주 미친 듯이 날뛸 거다. 그리고 이렇게 외칠 거다. 너는 펫 3호의 자격도 없다. 꺼져 버려라. 펫 77호! 이런 식으로 말이다.

"그러니까……."

정작 당사자인 한주혁은 평온하게 말했다.

-아. 수상하잖아. 왜 이렇게 뜸을 들여.

-마, 맞습니다.

너무 당황한 나머지 사고회로가 좀 꼬였다.

-절대악은 개자식입니다.

그러고서 식은땀을 흘렸다. 아, 아니. 이게 아닌데. 의욕만 너무 앞섰다.

"절대악과 관련이 있는 흔적을 발견했다."

안 된다. 이대로는 안 된다. 점수를 따야 했다. 당장 펫 1호는 힘들어도 2호까지는 가야 하지 않겠는가. 사람인 루펜달은 그렇다 쳐도 동물인 꼬꼬한테 밀릴 수는 없는 법이다.

"너. 절대악과 무슨 관련이 있는 거냐?"

물론, 파크유는 모른다. 왜 내가 절대악과 관련이 있는 것처럼 들리지? 때마침 보고가 올라왔다.

"한스의 일지를 복구했습니다. 절대악을 찬양하고 신봉하는 글귀들이 발견되었습니다."

파크유의 낯빛이 하얗게 변했다. 이거 좀 아닌 거 같다. 나는 그냥 패드립을 좋아하고 남의 엄마의 순결 여부 말하는 걸 좋아하는 것뿐인데. 절대악과는 관련이 없는데.

"이런 니미 XX같은 새기들아! 조사를 똑바로 해야 할 거 아냐!"

증거랍시고 외쳤다.

"절대악 개새끼! 절대악 XX새끼!"

절대악 따위와는 전혀 연관이 없다는 것을 주장하기 위해 이렇게 외쳤다. 나는 외칠 수 있다. 절대악 개새끼라고. 그것을 주장했다.

그에 따라 푸락셀의 얼굴도 하얗게 질려갔다는 것은 여담이다.

한주혁이 피식 웃었다.

'이렇게 진행이 되네.'

괴짜 마법사 한스의 동굴에서 절대악과 관련되어 있는 증거들이 발견되었다. 이 증거들을 발견한 앤서(한주혁)에게는 특별 보상이 주어졌다.

푸락셀이 말했다.

"네 공이 아주 컸다. 나 역시 절대악에게 핍박받던 입장으로서 너 같은 영웅 플레이어의 등장을 환영하는 바이다."

'대도. 블랙을 찾아라!'라는 메인 퀘스트에 한 걸음 성큼 다가갈 수 있도록 하는 보상이었다.

한주혁의 미소가 짙어졌다.

'이렇게 이어진단 말이지?'

대한민국, 아니, 전 세계에는 가장 유명한 탑 랭커가 한 명 존재한다. 그 이름도 유명한 절대악.

절대악은 전 세계가 인정하는 탑 클래스의 랭커다. 절대악의 레벨을 정확하게 알고 있는 사람은 없었지만 이미 절대악은 규격 외다. 레벨이 무의미한 레벨. 말하자면 신계 정도 된다.

하얀색 수염을 길게 기른 NPC가 말했다.

"바깥 세계에서는 네가 4강 중 한 명이라 불린다지?"

세 가닥의 하얀색 수염. 그 수염은 배까지 길게 자라나 있었는데 그 결이 매우 비단결 같았다.

스스로 미염사라는 별명을 붙였고, 에르페스의 NPC들도 그를 미염사라고 부른다. 미염사. 수염이 아름다운 마법사라는 뜻이다.

"부끄럽게도 그렇습니다. 정확하게 말하자면 한국이라는 곳에서 그렇습니다."

"절대악이라는 애송이가 도대체 얼마나 강하길래."

"……직접 부딪쳐 보지 않아 모르겠지만 저는 아마 상대도 되지 않을 것입니다."

NPC는 수염을 쓸어내리며 제자를 쳐다봤다. 제자가 저 정도로 말할 정도면 엄청난 실력을 가진 것은 틀림없을 것이다.

"강현아, 네가 너무 네 스스로를 낮춰서 생각하는구나."

"저를 높이 봐주셔서 감사합니다."

미염사는 신강현의 스승이다. 에르페스 제국의 황궁 차석 마법사이기도 하다. 다시 말해, 에르페스 제국 내에서 두 번째로 유명한 마법사라고 보면 됐다.

"스승님께서 마법연구와 학문에 매진하고 계셨고…… 세상

일에는 크게 관심이 없으셨지만……."

쉽게 말해, 세상 돌아가는 일을 아무것도 모른다는 뜻이다.

"그간 많은 변화가 있었습니다. 절대악은 상상 이상으로 강합니다."

"플레이어가 강해 봐야 얼마나 강하겠느냐."

미염사는 그냥 많이 강하겠거니, 제자보다 좀 더 강하겠거니 생각했다. 사실 황궁 차석마법사라는 직함을 달고 있으나 말 그대로 이름뿐인 직함이다.

마법사들의 탑. 마탑에서 나온 적이 없다. 세상 돌아가는 일에는 관심이 전혀 없었다.

다른 상위급 마법사들과 마찬가지로 말이다. 사실 '절대악'이라는 이름도 최근에 겨우 들었다.

미염사가 말했다.

"절대악은…… 너희들이 말하는 시스템이 만들어낸 괴물이겠지."

"그렇습니다."

"그리고 지금 진행되고 있는…… 대도와 칸트를 잡는 퀘스트는 결국 절대악과 대적하는 세력을 키우겠다는 얘기다."

사실 이런 대퀘스트가 주어져서 제국이 플레이어들을 적극적으로 활용하고 있다는 사실까지도 처음 알았다.

마탑에서 나온 지 이제 겨우 3일 됐다. 제자 세상 구경 좀 시켜주겠다고 나왔는데, 그간 세상이 많이 변했다.

"제자도 그렇게 생각하고 있습니다."

"그러니 이번 좋은 기회를 잡도록 하여라."

에르페스 제국에서 대놓고 플레이어들을 밀어줄 거다.

"이번 퀘스트. 너를 위한 퀘스트다. 어제 내가 알아보니, 제국에서 플레이어를 전폭적으로 키울 생각인 것 같더구나."

"스승님, 저는 아직 수련이 부족합니다."

"나도 안다."

마염사가 인상을 가볍게 찡그렸다. 제자는 아직 갈 길이 멀다. 사실 생각 같아서는 한 30년 정도는 아래에 두고 더 가르쳐야 겨우 마법사 구실을 할 수 있을 것 같다.

하지만 지금은 그럴 때가 아닌 것 같다.

"너는 나와 달리 세상일에 관심이 많다. 세상에 속한 속세 마법사가 되어야 할 것인데. 그렇다면 이번 기회가 네게 아주 좋은 기회가 될 것이다."

그래서 부랴부랴 퀘스트를 따온 것 아닌가. 제자를 위해서.

"제국에는 스타성과 상징성을 가진, 반절대악 플레이어가 필요한 모양이다."

그리고 그 플레이어를, 이 대퀘스트들을 통해서 만들어갈 생각인 것 같았다. 이 정도 규모의 퀘스트면 누가 됐든 영웅은 탄생할 것이니까.

"너는 내 제자다. 이름뿐이기는 하지만 황궁 차석마법사의 제자라는 뜻이다. 그러니 이 정도 특혜는 받아도 좋다."

"하나……."

"반론은 불허한다."

미염사가 적극적으로 나서는 데에는 이유가 있었다.

"반절대악 세력의 대표주자로 급속도로 치고 올라오는 플레이어가 있다 들었다."

"그렇습니다. 적대악이라는 별칭으로 불리더군요."

"그렇다. 말 그대로 적대악을 만드는 프로젝트다. 그런데 벌써 그 칭호를 누가 가져갔구나. 너는 시작이 늦었다."

하필이면 그 적대악이 마법사 클래스란다. 자존심이 좀 상했다. 내 제자가 일단 나가기만 하면, 플레이어들쯤은 쓸어버릴 수 있거든. 이렇게 생각했다.

"네가 진정한 적대악이 되어야 한다."

대한민국. 바깥세계에서도 굉장히 유명한 나라라고 했다. 그 나라의 신흥세력인 '4강'의 자리까지 오른 제자다. 바깥 활동을 별로 하지 않았음에도 불구하고 말이다.

"이번 퀘스트는 너를 위한 퀘스트임을 잊지 말거라."

신강현은 퀘스트를 받았다. 퀘스트의 이름이 '마법사들의 무덤'이었다. 신강현만 알았다. 이번 퀘스트는 에르페스 제국이, '적대악'이라는 상징성을 가진 플레이어를 키워내기 위한 프로젝트의 일환으로 진행하는 퀘스트라는 것을.

"마법사의 동굴은 그 망할 할방구와 내가 공동으로 작업하여 진행한다."

신강현이 눈을 크게 떴다. 스승이 '망할 할방구'라고 표현하는 사람은 한 명뿐이다.

에르페스 제국. 황궁 수석마법사. 수석마법사와 차석마법사. 세상일에는 별로 관심이 없는 이들이 움직였다.

플레이어를 키우기 위해서.

"공략법도 미리 알려주겠다."

그 플레이어는 이미 '신강현'으로 정해져 있었다. 적어도 그들은 그렇게 생각했다.

한주혁은 푸락셀로부터 보상을 받을 수 있었다. 겉과 속이 계속 달랐다.

-축하드립니다. 형님.

"아주 빠른 성장 속도구나. 축하한다."

-엄청나십니다. 이런 성장. 보지도 못했습니다.

"제법 괜찮은 인재를 발굴했다. 에르페스 제국에서도 상당히 반기는 눈치다."

한주혁은 순식간에 C등급에서 B등급 플레이어로 또 한 단계 등급이 올라갔다. 애초에 B나 그 이상의 등급을 받은 플레이어를 제외하고, 가장 빠른 성장 속도였다. 이 정도 성장 속도. 애초에 불가능했다.

"제국이 인재를 필요로 한다. 그중에서도 특히 마법사를."

-형님. 제국놈들이 마법사와 관련된 퀘스트를 내렸는데요. 마침 형님께서 마법사 아니십니까?

애초에 저 사람을 마법사라고 할 수 있는 건지는 둘째 치고. 일단 대외적인 클래스는 마법사가 맞았다.

"B등급부터 시작할 수 있는 매우 중요하고도 핵심인 퀘스트가 있다."

-물론 형님께 B 따위가 말이 되기나 하겠느냐마는…… 어쨌든 일단 기본 설명으로는 아주 중요한 거라고 합니다.

대부분의 퀘스트가 그렇다. 아주 사소하고 허접한 것이라 할지라도, 보통은 중요하고 위급한 것으로 둔갑된다. 그래서 사람들은 퀘스트 설명에 크게 집중하는 편이 아니고.

-어쨌든 형님. 형님은 이제 B로 인정되셨고 다음 연계 퀘스트 받아가시면 됩니다.

-연계 퀘스트?

-예. 일렌사라는 영지에서 진행되는 마법사들의 무덤이라는 퀘스트입니다.

역시 겉으로는 이렇게 얘기했다.

"제국에서도 내 공로를 높이 사, 좀 더 중앙으로 진출할 수 있는 교두보를 마련해 주고자 한다. 새로운 퀘스트를 받도록."

이렇게 자연스럽게 넘어가려고 했다. 그런데 결국 올 것이 왔다.

"아참. 보상과 관련해서 말인데요."

푸락셀은 울고 싶었다. 사실은 내가 플레이어의 속옷까지 다 벗겨 먹으려고 했는데. 하필이면 그 플레이어가 형님이다. 뭐 이런 개 같은 우연이 다 있단 말인가.

그런데 한주혁의 말이 의외였다.

"이것도 푸락셀 님께 드려야 하는 것 같은데……."

한주혁은 이제 거래시스템도 사용할 수 있다. 풀카오에서 벗어났기 때문이다. 거래시스템을 통해, 아이템이 바깥에 보이지 않도록 하여 '용병왕의 철퇴'를 푸락셀에게 전해줬다.

말은 이렇게 했다.

-잘 써라. 날 위해 일하는 보답이다.

사실 그런 건 아니었다. 마이너스 행운 페널티에서 벗어났으니까. 이제 이 철퇴 같은 거 필요 없어서 돌려주는 것뿐. 그러나 푸락셀은 감동했다.

'내 그릇은…… 형님의 새끼발톱보다도 작구나……!'

더 많이 뜯길까 봐 걱정했는데 그게 아니지 않은가. 오히려 형님은 나를 더 챙겨주셨다. 이 무기를 들고 형님께 대들었었는데, 형님께서는 오히려 넓은 아량과 배포로 이 무기를 돌려주었다.

푸락셀은 멀어져가는 앤서의 뒷모습을 보면서 속으로 생각했다.

'형렐루야…… 형멘……!'

한주혁 입장에서는 그냥 뺐었다가 다시 준 건데, 어쨌든 푸락셀은 감동했다. 그것도 진심으로.

젤르두아에 비교해서, '일렌사'는 에르페스 중심부에 상당히 가까운 영지라 할 수 있었다. '일렌사'에는 특별한 퀘스트가 없었고, 또 그 주변에 딱히 돈이 되거나 경험치가 많이 되는 몬스터가 없어서 플레이어의 발길이 매우 뜸했던 곳이다.

그곳에 갑자기 큰 관심이 쏠렸다.

-일렌사에 대퀘스트 떴다 함.
-대도 퀘스트랑 연계된 퀘스트인데…… 이번에 제국이 아예 작정하고 마법사를 키울 거라던데?
-헐. 제국이 직접?

사실 절대악이 나타나기 전만 해도, 제국은 플레이어들에게 그다지 와닿지 않는 완전히 다른 세계였다. 그러한 제국이 플레이어를 키우겠다고 나섰다.

-근데 문제는 B급 이상만 참여 가능.
-뭐야. B급 이상이면 애초에 고수잖아.

-그래도 최소 B는 되어야 제국에서 키워주겠지.

그런데 재미있는 건.

-A등급까지도 있다던데?

그중에서도 가장 유명한 사람이 있었다.

-신강현도 포함되어 있음.
-신강현?

대한민국에서 가장 유명한 플레이어를 꼽으라면 역시 절대악이다. 완전히 다른 세계. 신계. 그래서 올림푸스 매니아에서는 절대악을 '1악'으로 부른다.

보통 표현하기를 '1악>>>넘사벽>>>넘사벽>>>넘사벽>>>4강' 정도로 표시했다. 어쨌거나 신계에 입성한 절대악을 제외하고는 '4강'이 가장 강한 플레이어라는 얘기다.

-4강 중 한 명임.

4강은 신흥 강자다. 대연합이 무너지고, 기존 랭커들이 무너지고 난 이후에 나타난 히든 클래스의 랭커들. 이들은, 절대

악만큼은 아니지만 갑자기 나타나 엄청난 성장 속도를 뽐내며
이 자리까지 왔다.

-에이. 나도 마법사인데. 포기해야겠다.
-솔직히 모든 마법사를 다 키워주는 건 아닐 거고. 신강현 있으면 시간
낭비지.

한국에서, 절대악을 제외하고 가장 강력한 플레이어로 손꼽
히는 신강현이 참여하는 대퀘스트. 최소 참여 등급이 무려 'B'
에 달하는 '마법사들의 무덤' 퀘스트가 시작하는 지점인 일렌
사. 그곳 영주성에 60여 명의 마법사들이 모였다.
'저 사람이 신강현?'
겉으로 보았을 때. 그렇게 고수 같지는 않으나 마법사들
을 겉모습으로만 판단하면 큰코다치기 마련이다.
'이곳에서 가장 주의해야 할 플레이어.'
어차피 보상은 정해져 있다. 가장 보상에 가까운 플레이어
가 바로 4강 중 한 명인 신강현이다.
'신강현만 조심하면 돼. 보상은 내가 차지한다.'
다들 그렇게 생각했다. 이번 기회는 마법사들에게 정말 좋
은 기회다. 일단 그들은 인사를 나눴다.
각자 소개를 했고, 퀘스트 지령을 기다렸다. 조장과 조원을
나누어 3조로 나누었다.

이제 어느 정도 안면도 익혔고 서로의 능력치와 기술을 대략적으로나마 파악한 상황. 이제 내일이면 퀘스트를 클리어해야 하는데 갑작스레 인원 하나가 더 늘었다.

레벨은 저레벨. 닉네임은 앤서. 들어보지 못한 아이디였다. 갑자기 추가된 플레이어일 뿐.

플레이어들은 앤서에게 그다지 큰 관심을 보이지 않았다. 그냥 갑자기 운 좋게 들어왔구나. 그 정도로만 생각할 뿐.

그들은 퀘스트 안내에 따라 '마법사들의 무덤'으로 안내되었다. '마법사들의 무덤'은 특이하게도, 영주성의 집무실에 워프 포탈이 마련되어 있었다.

신강현은 걸음을 옮겼다.

'제국의 수석마법사와 차석마법사가 나를 위해…… 만든 퀘스트 장소.'

이걸 통해 명분을 얻고, 정당하게 힘을 주겠다는 얘기다. 제국의 지원을 힘입어.

'그 기대에 부응해야지.'

지금 한껏 부풀어 있는, 이곳에 모인 마법사들에게는 미안한 일이지만 이 퀘스트 클리어의 주인은 이미, 진작에 정해져 있었다. 바로 자신이다.

신강현은 퀘스트 내용을 이미 전부 알고 있다.

'이제 곧 첫 번째 관문이다.'

이 돌계단을 따라 계속 내려가면 하나의 트랩이 나온다. 마법사들에게 굉장히 위험한 트랩이.

'하지만 나는……'

이미 다 알고 있으니까. 그다지 어렵지 않다. 지나치려 했다. 그런데 그때. 그리고 이후.

'나는 사람들이 나를 경계하는 것 이상의 특별함을 보여준다.'

그도 알고 있다. 사람들이 자신을 경계하는 것을. 당연하다. 그래서 그는 전략을 짰다. 자신의 리더십이 돋보이도록. 임기응변 능력이 뛰어남을. 클라스가 다른 것을 보여줘야 했다. 그래야 말이 나오지 않을 테니까.

'그것이 조금이라도 더 정당하게 보상을 받는 길이 되겠지.'

카리스마 있는 리더로서의 모습. 뛰어난 자질을 갖춘 마법사로서의 모습. 사람들이 말하는 진정한 '4강'의 모습을 보여줄 것을 다짐하며 걸음을 옮겼다.

그런데 그때. 전혀 예상하지 못했던 상황이 벌어졌다.

8장
대충 걷자

　신강현은 퀘스트의 내용을 알고 있다.

　위험한 곳. 조심해야 할 곳. 그리고 위기에 처한 동료들을 상당히 멋진 모습으로 구할 수 있는 곳 등. 핵심적인 정보들을 이미 알고 있는 상황. 첫 번째 관문은 바로 '마나의 흐름'을 읽을 수 있느냐 없느냐다.

　신강현이 말했다.

　"특별한 마나의 흐름이 느껴집니다."

　그렇게 하자고 한 것은 아닌데, 신강현은 이미 파티의 중심이 되어 있었다. 그도 그럴 것이 그는 대연합 랭커들의 빈자리를 채워 버린, 신흥강자인 '4강' 중 한 명이었으니까.

　다른 마법사들도 그걸 느꼈다.

　"분명히…… 그러네요."

이곳은 에르페스 제국의 마법사들이 플레이어 마법사들을 키우기 위하여 만든 곳이라고 했다. 몬스터 등이 나타나는 것이 아니라, 마나의 흐름과 관련된 관문이 가장 먼저 보였다.

"어떤…… 트랩이죠?"

다들 극도로 조심하는 모습을 보였다.

일반적으로 마법사들은 혼자 다니지 않는다. 마법사들은 강력한 화력을 자랑하지만, 그에 반해 체력이나 방어력은 굉장히 약했으니까.

아무리 강력한 공격력을 가지고 있어도 잘못 얻어맞으면 죽는다는 얘기다. 조심할 수밖에 없었다.

"제가 판단하기에는……."

이곳의 '마나트랩'은 '마나역류현상'을 일으키는 트랩이다. 이곳에는 특수한 마나의 흐름이 감지되는데, 그 흐름을 따라 움직여야 했다. 그 흐름에 발맞추어 움직이지 못하면 이른바 '마나역류현상'이 일어나게 된다.

"마나역류를 일으키는 트랩인 것 같습니다."

"마나역류요?"

플레이어들에게는 생소한 단어였다.

"그게 뭐죠?"

"가진 M/P만큼의 H/P가 소모되는 현상입니다."

"……예?"

마법사들의 공격 기술 중에 저런 스킬이 있기는 했다. 많은 마법사들이 보유한 스킬은 아니었지만, 그래도 나름 알려진 스킬이었다.

"그걸 마나역류현상이라고 하나요?"

"예."

다른 사람이 말하면 그냥 허세겠거니 했는데 상대는 4강이다. 4강 중 한 명인 신강현이 말을 하니 신빙성이 높을 수밖에 없었다.

마법사 중 한 명이 물었다.

"혹시 그럼 이 트랩을 파훼할 수 있는 방법도 알고 계십니까?"

그는 이렇게 생각했다.

'어차피 이곳은 신강현의 독무대.'

특별한 실수가 없다면 신강현이 가장 좋은 보상을 차지하게 될 거다.

1등은 노리지 않는다. 60여 명의 플레이어들 중 10명 안에만 들어도 나름대로 괜찮은 보상을 얻을 수 있지 않을까 싶다.

"저는 대략적인 방법이 보……."

대략적인 방법이 보이는 게 아니라, 아예 파훼법을 알고 있다. 심지어 이 트랩을 정지시켜버리는 방법까지도 안다. 다만 그렇게까지는 하지 않을 예정이었다.

너무 쉽게 클리어해 버려도 안 되니까. 적당히 영웅행세를 하면서, 플레이어들의 반발 없이 제국의 지원을 등에 업는 것이 신강현의 목표였으니까.

"안 가요?"

신강현은 황당했다. 황급히 말했다.

"이곳은 마나역류현상을 일으키는 트랩이 있는 곳입니다. 멈추세요."

플레이어 하나가 기다리기 지루한 듯 먼저 움직였기 때문이다. 신강현의 눈에는 마나 흐름이 보인다. 저 플레이어는 마나 트랩 속 흐름. 그 바로 앞까지 가 있다. 손만 뻗어도 저 흐름에 휩쓸린다.

'저놈은……'

젤르두아. 그 남쪽 끝에서 올라온 애송이 아니었던가. 퀘스트에 거의 마지막으로 합류한, 신경도 쓰지 않고 있던 저레벨의 플레이어.

'메인 필드도 아니고. 저 끝. 젤르두아에서 운 좋게 올라온 플레이어.'

메인 필드. 수많은 플레이어들이 플레이하고 퀘스트를 따내며 경쟁하는 곳이다.

그런 곳에서 퀘스트를 따내고 이곳까지 온 플레이어들과, 플레이어가 거의 없는 '젤르두아' 같은 곳에서 퀘스트를 따내고 올라온 플레이어는 질적으로 차이가 날 수밖에 없다. 적어도 신강현은 그렇게 생각했다.

신강현이 인상을 살짝 찡그렸다.

"앤서 님이라고 했나요? 조심 좀 하세요."

그 말에 다른 플레이어들도 동요했다. 무려 4강이 하는 말이다.

조심해야 할 것은 조심해야 했다. 플레이어들을 소 닭 보듯 하던 제국이 이번에 직접 나섰다. 마법사를 키우겠다고. 이렇게 좋은 기회가 어디 있는가. 이런 좋은 기회를, 저런 듣도 보도 못한 플레이어 때문에 날려 버리면 얼마나 억울한 일이겠는가.

"맞다. 조심 좀 해라. 너 때문에 여기 모든 플레이어들이 손해 보면 어쩌려고 그러냐?"

"그러게요. 지금 제 스킬에도 마나 흐름이 뒤엉켜 있는 게 보이는데. 마나 흐름 안 보여요?"

대부분 플레이어들의 눈에는 마나 흐름이 잡힌다. 한주혁의 '심안' 정도는 아니어도, 나름대로 다들 고수급에 속하는 마법사들이고 마나의 흐름을 읽어내는 스킬을 하나 이상씩은 갖고 있었다.

한주혁은 말할 뻔했다.

'흐름 안 보이는데요.'

심안을 쓰면 얘기가 달라지겠지만 어쨌든 지금은 앤서로 플레이하고 있는 상황.

마나의 흐름 따위 보이지 않았다. 만약 이 상황을 루펜달이 보고 있었다면 이렇게 말했을 것이다. 그래서? 흐름? 그게 뭐? 먹는 거냐?

'저레벨이라 좀 불편하긴 하네.'

저레벨답게, 아직 익히고 있는 마법이 별로 없다.

레벨이 높아지면 베르디에게 마법서를 전수받거나 하면 될 것 같기는 한데, 아직은 레벨이 너무 낮다. 마치 한주혁이 특수지역 '라이나'를 처음 벗어났을 때와 같다. 신체 스탯은 레벨 100에 달하던 그 시점에, 쓸 수 있는 스킬은 하나도 없었던 그때 말이다.

신강현이 마법을 하나 사용했다. 신강현의 몸이 사라졌다. 그가 모습을 드러낸 곳은 한주혁 바로 앞.

그가 한주혁 앞으로 단거리 순간 이동 마법인 '블링크'를 사용한 것은 일종의 과시였다.

'트리플 블링크.'

블링크를 연속해서 3번이나 사용하여 일반 마법사들과는 완전히 다른 플레이 양상을 보여주겠다는 것이 그의 속셈. 4강의 힘이 어느 정도인지, 간접적으로 보여주려는 의도였다.

심지어 그냥 연속 세 번 블링크가 아니었다.

'저 플레이어를 데리고.'

앤서라는 저 풋내기. 아무것도 모르는 저레벨 플레이어를 데리고 함께 안전한 곳까지 블링크를 진행하려고 했다.

혼자서 여러 번 블링크를 사용하는 것도 상당히 난이도가 높은데, 다른 플레이어를 구출(다른 마법사들 눈으로 보면 구출이 맞으니까)까지 하면서 블링크를 사용한다?

'클라스의 차이를 보여준다.'

그렇게 생각했는데.

'음?'

그는 이해할 수 없었다.

'내가 실수를?'

앤서를 데리고 안전한 곳으로 블링크 하려고 했는데 앤서의 몸이 잡히지 않았다. 앤서는 그 자리에 가만히 있는 것 같았는데.

'뭐지?'

묘하게 어긋난 느낌이다. 앤서가 자신의 움직임을 읽고 미세하게 움직여 마법장 밖으로 벗어난 건 아닐 테고.

'그런 건 4강급 검사라고 해도 힘들어.'

이건 실수였다. 명백한 실수. 그는 괜스레 민망해졌다. 블링크를 연속해서 사용한 것까지는 좋은데, 앞으로 갔다가 혼자 뒤로 온 셈이니까. 말하자면 혼자 '생쇼'한 꼴이 되어버렸으니까.

신강현의 얼굴이 아주 조금 붉어졌다.

"마나의 흐름이 계속 요동치고 있어 앤서 님을 데려오려고 했는데…… 실수했습니다."

그제야 사람들은 신강현이 왜 갑자기 블링크를 썼는지 이해할 수 있었다. 플레이어 하나가 말했다.

"일종의 마나 방해장이 펼쳐져 있는 것 같네요."

실수는 누구나 한다. 4강도 사람이다. 실수할 수도 있다. 다들 그렇게 생각했다.

또 플레이어 중 하나가 말했다.

"앤서 님. 파훼 방법을 좀 탐구해야 되니까, 이쪽으로 좀 와요. 위험한 거 안 느껴져요?"

제법 덩치가 큰 플레이어 한 명은 대놓고 이렇게 얘기했다.

"그냥 좋은 말로 할 때 이쪽으로 와라. 관종이냐? 왜 이렇게 눈에 띄게 구냐? 형한테 얻어터지기 전에 얼른 이쪽으로 와."

한주혁은 두 가지 선택지를 놓고 고민했다.

'그냥 버리고 가?'

혼자서 클리어 해버려?

'이거 어차피 B급이면 클리어되는 거잖아.'

한주혁은 이번 퀘스트 역시 성좌들과 제국 사이에 어떤 커넥션이 있을 거라고 추측하고 있는 중이다. 그의 추측은 정확했다. 성좌들이 주축이 되는 등급은 S급.

일단 한주혁은 거기까지는 몰랐지만, 어쨌거나 그 급 정도 되는 퀘스트가 아니라 A나 B 정도면 어떻게 상대해도 별로 상관없다는 마인드다. 사람들이 말하는 '어차피 안 진다'의 마인드.

'그게 쉬운데.'

마나 흐름 안 보이면 어때. 그냥 대충 걸어가서 관문 다 통과하면 클리어되는 거 아닌가.

'근데……. 적대악 플레이어를 키우는 발판 같은 곳인데…….'

그냥 혼자 원맨쇼를 한다기보다는, '적대악'으로서의 입지를 단단히 다지며 위로 올라가는 것이 좋은 거 아닐까. 그래야 보상도 잘 받고. 나름대로 명성도 쌓아서 차후에 좋아지는 게 아닐까.

'그럼 쟤네 데리고 클리어해야 되나?'

그러려면 좀 귀찮다.

'이래서 이름값이 있어야 돼.'

만약 이곳에 서 있는 사람이 앤서가 아니라 신강현이었다면 얘기는 달라졌을 거다.

'근데 난 지금 이름값이 없잖아?'

절대악이라고 말하면 누구나가 알지만 앤서라고 말하면 아무도 모른다. 저들에게 있어서 자신은 지금 저레벨 마법사 플레이어. 그것도 저 끝이다.

젤르두아에서 운 좋게 퀘스트를 받고 올라온 풋내기에 불과했다.

'그럼 그냥, 까짓거 대충 보여주면 되지.'

그래서 말했다.

"나 먼저 갑니다?"

그리고 마나 흐름 속에 몸을 던졌다. 사실 한주혁의 눈에는 그 마나 흐름이 안 보인다. 그냥 복도 같다.

"어…… 어…… 야이 미친 새끼야!"

플레이어들은 다급해졌다. 마나의 흐름이 뒤엉키는 것이 보였다. 신강현은 침착했다.

'오히려 잘됐다.'

지금, 바로 이때 뛰어난 리더십을 보여야 했다. 이곳 보상을 독차지할 수 있도록 영웅다운 면모를 보이면 됐다.

"어떤 특별한 트랩은 발동되지 않고 있습니다."

스스로 생각하기에는, 무섭도록 침착한 태도로 말했다.

"어떠한 광역 트랩은 없습니다. 마나 흐름이 격렬해졌지만 이곳까지는 침범하지는 않고 있어요. 개인에게만 작용하는 매우 제한된 범위의 마나트랩입니다. 침착하세요."

앤서. 저 무모하고 멍청한 놈은 여기서 죽는다.

이미 알고 있다. 보통 마법사들은 H/P보다 M/P가 많다. M/P가 더 많으니까 마나역류현상이 일어나면 H/P가 0이 되어 사망한다. 그러나 다른 플레이어들에게는 그 어떠한 영향도 없을 거다.

이미 다 알고 있는 상황이다. 그래서 이렇게 침착할 수 있었다.

4강 신강현의 침착한 태도 덕택에, 다른 플레이어들도 흥분을 가라앉혔다. 혹시라도 마나트랩이 발작하여 이쪽에도 악영향을 끼치지 않을까. 그런 걱정 때문에 순간 다들 걱정했는데.

'역시 신강현.'

역시 신강현은 4강다웠다. 반면, 저만치 앞 걸어가고 있는 저놈은 아무래도 미친놈 같다.

앤서의 몸에서 푸른색 이펙트가 터져 나오고 있었다. 트랩이 플레이어를 공격하고 있는 거다. 마나가 깎이면서 H/P도 함께 깎이게 된다.

신강현도 앤서를 쳐다봤다.

'곧 죽겠지.'

별로 신경 쓰지 않기로 했다. 자신은 이들을 데리고 이곳을 클리어하면 된다.

영웅답게, 아마 저놈은 이쪽으로 돌아오고 싶어도 돌아오지 못할 거다. H/P와 M/P가 급속도로 떨어지고 있는 것을 느끼고 있을 텐데도 불구하고 아무것도 못하고 있다.

어떤 반응도 없이 일직선으로 걸어가고 있는 것으로 봐서, 놈은 이미 자신의 마음대로 움직이지 못하는 상황이 틀림없었다.

물론 혼자만의 착각이다. 한주혁은 아무렇지도 않다.

'간지럽지도 않네.'

B급 플레이어들의 수준에 맞춘 초급(?) 트랩이다. H/P가 떨어지는 속도보다 차는 속도가 더 빨랐다. 레벨 1000이 넘는 능력치를 가진 한주혁이다.

심지어 지금은 또 폭풍성장 중이다. 이런 트랩…… 트랩이라고 보기에도 어려웠다. 대충 걷기만 해도 된다. 신강현의 생각처럼 반응을 못한 게 아니라 그냥 안 했다. 할 필요가 없으니까.

상황을 모르는 신강현이 말했다.

"그럼 이제부터."

제대로 된 클리어 방법을 말해주려고 했다. 그런데 황당한 말이 들려왔다.

저만치 멀리, 약 300여 미터 앞. 마나역류현상을 일으키는 마나트랩 구간을 벗어난 지점에서 앤서가 이렇게 말했다.

"나 먼저 갑니다?"

앤서로부터 시선을 거두고 신강현에게 집중하던 플레이어들이 눈을 크게 떴다. 황당했다. 뭐지? 저놈. 아무것도 못하고 죽을 줄 알았는데, 이미 저 끝까지 가 있다.

별거 안 했고 딱히 파훼하는 모습도 아니었는데, 그냥 걸어 갔는데 통과했다. 말도 안 되는 상황이었다.

그런데 더 말도 안 되는 일이 바로 그다음에 벌어졌다.

하루 전.

미염사는 하나뿐인 플레이어 제자인 신강현에게 이렇게 얘기했다.

"……이러한 방법으로 클리어를 진행하면 된다. 주의할 것은 마나 흐름에 휩쓸리지 않도록 하는 것이다. 너 역시 마나역류현상에서 벗어날 수는 없을 터이니."

"이것이 가장 쉬운 방법입니까?"

그렇게 물었을 때 미염사는 고개를 저었다.

아니다. 훨씬 쉬운 방법이 있다. 다만 미염사가 생각하는 '플레이어들의 수준'에서는 불가능한 방법이라 말을 해주지 않을 뿐.

"궁금하다면 대답해 주마."

말은 해주기로 했다. 어차피 불가능한 방법이지만 알려줘서 나쁠 건 없으니까.

"마나트랩의 마나 흐름의 영향에서 자유로울 수 있는 막대한 신체능력치를 가졌거나, 그 마나 흐름에 저항할 수 있는 마나 컨트롤 능력을 갖고 있거나, 마나트랩의 등급을 벗어날 정도의 고레벨 혹은 고스탯 플레이어라면 그냥 지나가도 좋다."

"그러나 그것은 불가능하겠군요?"

아무리 플레이어들의 일에 관심이 없고 플레이어들에 대해 잘 모른다고는 해도, 그래도 제국의 차석마법사다. 허접하게 만들었을 리는 없다. 플레이어들은 통과가 불가능했다.

"그렇지. 너희 플레이어이들이 말하는……."

자신의 수염을 한 번 쓰다듬었다.

"그 엄청나다는 절대악이라는 놈 정도 되어야 파훼법 없이 통과할 수 있을 게다."

솔직히 절대악이라는 놈도 한 번 보고 싶기는 했다. 도대체 얼마나 강하길래, 제국에서조차 관심을 가지는 것일까. 원래 제국은 플레이어들의 일에 눈곱만큼도 관심이 없지 않았던가.

"또한 마나트랩을 정지시키려면 각 마나트랩을 구동하는 에너지원을 부수는 방법도 존재한다."

신강현이 또 고개를 끄덕였다.

"역시 불가능하겠군요."

"눈에 잘 보이는 곳에 두었다."

왜냐하면 굳이 숨길 필요 없으니까.

"플레이어들의 힘으로는 파괴가 불가능한 에너지스톤이라 그런 것입니까?"

"그렇지. 미약하기는 하지만, 내가 손수 마법 쉴드를 쳐놓았다. 물론 에너지스톤 자체의 마법 방어력도 상당할테고."

그래서 일부러 숨기지 않았다. 부술테면 부숴보라고. 일부러 밖에 내놓았다. 어차피 부수지 못할 테니까. 일부러 숨기는 수고를 하는 게 더 귀찮으니까.

"제자가 시도해도 되겠습니까?"

"그냥 두거라. 단순 방어가 걸려 있는 게 아니라 반격 마법이 걸려 있거든."

"아……."

"네게 아주 큰 위협이 될 정도는 아니지만 굳이 나서서 체면 구길 일을 만들지는 말거라."

강력한 마법은 아니지만 반격 마법까지 걸어놨다. 괜히 부수려고 들었다가 낭패를 볼 수도 있다.

"알겠습니다. 제자. 신강현. 스승님의 가르침에 따라 플레이어들에게 월등한 실력차를 보여주고 돌아오겠습니다."

"그래. 그렇게 하거라."

미염사는 흐뭇한 눈으로 신강현을 쳐다봤다. 플레이어치고 자질이 괜찮다. 그리고 플레이어답게, 성장속도가 매우 빨랐다. 이대로가면 언젠가는 NPC 마법사들의 수준까지도 범접할 수 있을 것 같은 기분이 들었다.

홀륭한 마법사를 탄생시키는 것. 이게 이렇게 재미있는 건지 몰랐다.

그렇게 하루가 지났다.

황당했다.

"나 먼저 갑니다?"

신강현은 자신의 눈을 의심해야만 했다. 스승인 미염사가 분명히 이렇게 얘기했었다.

"마나트랩의 마나 흐름의 영향에서 자유로울 수 있는 막대한 신체능력치를 가졌거나, 그 마나 흐름에 저항할 수 있는 마나 컨트롤 능력을 갖고 있거나, 마나트랩의 등급을 벗어날 정도의 고레벨 혹은 고스탯 플레이어라면 그냥 지나가도 좋다."

고레벨은 확실히 아니다. 메인필드도 아니고 젤르두아에서 올라온 플레이어다. 고스탯일 리도 없다. 고수도 아니다.

'특수 클래스?'

굉장히 희귀한 능력을 가진 특수 클래스의 플레이어인 것 같다. 그런데 또 목소리가 들려왔다.

"아. 혹시 이게 마나트랩을 구동하는 에너지스톤인가?"

몬스터 스톤을 가공하여 만든 것 같다. 색깔이 계속해서 변하고 있는데, 빨강-초록-노랑 순서로 변하고 있었다.

덩치 큰 플레이어가 외쳤다.

"야, 야, 야 이 새끼야! 그거 건드리지 마! 무슨 일이 어떻게 일어날 줄 알고!"

신강현이 말했다. 신강현은 저 에너지스톤에 어떤 마법이 걸려 있는지 안다. 일차적으로 방어마법이 걸려 있고, 이차적으로 플레이어의 몸에 전격 마법을 사용한다.

'마나 흐름에 저항하는 특수 클래스라고 해도.'

스승인 미염사가 걸어놓은 전격계 마법에서 자유로울 수는 없을 것이다. 그래서 이렇게 말했다.

"제가 판단하기에도 저 에너지스톤이 이 마나트랩을 구동하는 핵심일 것입니다. 제 디텍팅 스킬을 사용해서 살펴봤을 때, 저 에너지스톤에는 가벼운 마법만이 걸려 있습니다. 이쪽까지 위험을 끼칠 요소는 보이지 않아요."

"……그, 그렇습니까?"

다른 사람도 아니고 무려 4강 중 한 명인 신강현이 얘기했다. 덩치 큰 마법사는 입을 다물었다. 4강이 그렇다는데 뭐 어쩌겠는가.

한주혁은 태평했다.

"이거 부술게요."

그래. 뭐. 좋은 스킬 많이 가진 4강이 얘기했는데 맞겠지. 가볍게 사용했다.

"파이어볼."

아주 미약한 힘을 가진 것처럼 보이는 파이어볼이 에너지스톤에 닿았다. 신강현이 속으로 웃었다.

'특수 클래스도 여기서 끝이지.'

이곳의 주인공은 자신이어야 했다. 스승과 제국이 자신을 위해 만들어준 발판 같은 거다. 그냥 희귀한 능력을 가진 저런 놈팽이에게 빼앗길 수는 없지 않은가.

그런데 이상했다.

빠지직-!

요란한 효과음이 들려왔다.

에너지스톤에 거미줄 같은 금이 가기 시작했다.

'어……?'

전격계 마법이 튀어나온 것은 봤다. 그것을 저 플레이어가 얻어맞는 것도 봤다. 그런데.

'왜 멀쩡해?'

멀쩡했다. 그냥 멀쩡한 것도 아니고 굉장히 멀쩡했다. 마치 아무런 타격을 입지 않은 것처럼.

목소리가 들려왔다.

"마나트랩 부쉈어요. 빨리 이쪽으로 와요."

신강현은 얼떨떨했다.

'1차 관문이라…… 굉장히 약한 마법을 걸어 놓으신 건가.'

그렇다고밖에는 설명할 수 없었다. 무려 제국의 차석마법사가 걸어놓은 마법이다. 아무리 약하게 설정해 놨다 할지라도. 미엽사가 마음먹고 마법을 걸어놓았다면, 레벨 20대 플레이어가 감당할 수는 없다.

'봐주신 거야.'

저놈. 운이 좋았다. 몇몇 플레이어들은 얼떨떨했다.

"지금…… 마나트랩 부서진 거 맞나요?"

"제 스킬에도 마나 흐름 사라졌네요. 혹시 다른 디텍팅 스킬 가지신 분?"

신강현이 먼저 걸음을 옮겼다. 앤서인 한주혁을 제외하면 가장 먼저 움직였다.

"제가 앞장서겠습니다."

신강현이 앞장서자 다른 플레이어들도 뒤따랐다. 한주혁은 어깨를 으쓱했다.

'쉽네.'

역시 B급도 쉽다. A급 되어도 쉬울 거 같다. 그 이상급 되면 어떻게 될지 모르겠지만.

구불구불한 복도를 따라 걸었다. 바닥이 굉장히 차가웠다. 한기가 느껴졌다. 마치 겨울의 찬 기운이 복도 전체에 깔려 있는 것 같았다.

그리고 갑자기 바닥이 움직이기 시작했다.

'자동이야?'

방향은 아래쪽. 한주혁이 말했다.

"에스컬레이터 같네요."

어느새 한주혁 옆에는 신강현이 섰다. 얼떨결에 한주혁과 신강현이 앞장선 구조가 되어버렸다. 신강현이 한주혁을 쳐다 봤다.

'겁이 없는 건지. 무모한 건지.'

아니면 원래부터 모험을 즐기는 성격인 건지. 도대체 모르겠다. 신강현의 시야에서는 한주혁의 평온한 마음가짐을 읽을 수가 없었다.

한주혁은 이렇게 생각했다.

'진짜 쉽다.'

너무 쉽다. 긴장도 안 된다. 이런 곳에서 긴장하는 게 더 이상하지 않은가.

'히든 피스 같은 거 있으면 재미있을 텐데.'

만족시키기 어려운 히든 피스 같은 게 있다면 재미있을 것 같다. 난이도를 좀 높여야 할 것 같다. 그래야 조금 재미있을 것 같다. 원래 게임이 너무 쉬워도 재미 없으니까.

이 순간에도, 신강현은 집중했다.

'지금부터는 플라이 마법이 일체 금지된다.'

무조건 발이 땅에 붙어 있어야 한다. 그리고 이 에스컬레이터 같은 지점을 지나고 나면 함정이 이어진다.

'속도가 조금씩 빨라질 거야.'

속도는 빠른데 플레이어들은 인지하지 못할 거다. 스스로도 인지하기 힘들었다. 그러나 속도는 확실히 빠르다.

'곧 땅으로 꺼져.'

준비해야 했다. 자력으로는 멈추기 힘들다. 미리 준비해 놓은 마법 아이템들을 사용할 준비를 했다.

'떨어진다.'

몸과 눈은 인식하지 못하지만 속도가 빠르다. 주체할 수 없는 속도다. 이 상황에서 갑자기 밑이 꺼진다.

'오케이.'

비명 소리가 터져 나오기 시작했다.

"어…… 어어……!"

"으아아악!"

이 트랩의 깊이는 약 50미터. 플라이 마법은 사용 불가. 자력으로 탈출하기는 거의 불가능에 가깝다. 이곳은 아이템의 도움을 얻어 위로 올라가야 하는 트랩이다. 당연히 신강현은 미리 준비해 왔고.

다행히 죽은 사람은 없었다. H/P가 반절 이상씩 떨어지기는 했으나 모두 포션을 마셔서 회복했다.

여전히 침착함을 잃지 않은 신강현이 당황하지 않고 얘기했다.

"……아무래도 위로 올라가야 할 것 같군요."

"신강현 님은 전혀 놀라지 않으신 것 같네요."

"미리 예측했습니다."

플레이어들은 봤다. 신강현이 전혀 당황하지 않는 것을. 떨어지는 그 와중에도 무언가 수를 생각하고 있는 것이 보였다.

'이 순간에도 침착하구나.'

비명을 질렀던 수많은 플레이어들은 신강현을 보며 약간의 믿음이 생겼다. 역시 4강이 괜히 4강이 아니지 않은가.

"플라이 마법을 사용이 불가하군요."

"그러면 이 위로 어떻게 올라가죠? 수십 미터는 될 것 같은데."

"몇몇 마법 아이템들을 조합해서 사용하면 가능할 것 같습니다."

신강현은 여전히 리더다운 모습으로. 침착함을 잃지 않고 위기 아닌 위기에 대처하는 모습을 보여주려 했는데. 또 목소리가 들려왔다.

"도와줘요?"

저만치 위. 모습은 보이지 않는데 목소리만 들렸다.

'어……?'

신강현은 주변을 천천히 둘러봤다. 최대한. 최대한 침착함을 유지하고.

'없다?'

아까 그 플레이어. 앤서라는 그 플레이어가 보이지 않았다.

'왜?'

분명히 함께 떨어졌을 텐데.

'어라……?'

생각해 보니 같이 떨어지지 않은 것 같다.

'설마……?'

모두가 떨어지는 그 찰나의 순간에, 폭발적인 속도로 움직여 평지로 이동했단 말인가. 이 함정을 피해냈단 말인가.

'물리적으로 불가능해. 민첩에 몰빵한 플레이어라고 해도…….'

말이 안 된다.

'운……?'

단순히 운인가?

'아까도 그렇고 이번도 그렇고. 이걸 운이라 할 수 있나?'

아무래도 좀 이상했다. 희귀한 능력을 가진 특수 클래스라고 보기에도 좀 이상했다.

"올라와요. 디텍팅 마법 같은 거 쓰면 잘 보일 겁니다."

무언가가 내려왔다. 밧줄은 아니었다. 굉장히 얇은 줄이었다. 줄이라고 보기에도 좀 어려웠다.

신강현은 이것을 이렇게 생각했다.

'실?'

줄이 아니라 실.

"이걸 잡고 올라가란 얘기입니까?"

"네. 이거 레전드급 아이템이거든요."

그와 동시에 50미터 아래. 마법사 플레이어들이 웅성대기 시작했다.

"레전드급이라고?"

"말도 안 돼. 어떻게 레전드급 아이템을 가지고 있어?"

저만치 위에서 또 목소리가 들려왔다.

"못 믿겠으면 확인해 봐요. 뭐가 됐든 잘라봐요. 안 잘리면 믿고 이거 타고 올라와요. 내가 도와줄 테니까."

한주혁이 지금 꺼내 든 아이템은 바로 무한의 실타래.

<무한의 실타래>

끝없이 늘어나는 특수한 형태의 실타래. 고대 희귀종인 아라크 거미 10마리의 배를 갈라 얻어낸 진액을 통하여 만들었다고 알려져 있으나 구체적인 제조 방법에 관하여는 알려진 바가 없다. 그 어떠한 것으로도 자르거나 녹이는 등, 물리적인 변화를 가할 수 없다고 알려져 있다.

등급: 레전드

특수 능력: 신급 이하의 모든 공격에 의한 물리적 공격에 완벽 저항.(단, 방어력과는 무관함.)

"됐죠? 아무리 용써도 안 망가진다니까. 얼른 올라와요."

결국 플레이어들은 무한의 실타래를 붙잡고 50미터 벽을 올랐다. 한주혁이 도와줬다.

50미터 정도 끌어 올리는 거, 별로 어렵지 않았다. 스탯으로 치면 레벨 1000에 달하지 않는가. 이런 것쯤은 쉽다.

'뭐야. 너무 쉽잖아.'

처음에, '아무것도 모르면서 너무 깝치지 마라' 등의 시선으로 쳐다보던 플레이어들은 약간 얼떨떨해했다. 지금 자신들에게 무슨 일이 벌어지고 있는 건지 이해하기 어려웠다.

신강현이 물었다.

"어떻게 우릴 끌어 올리신 겁니까?"

"어떻게라뇨?"

끌어 올리는 게 뭐 어렵다고.

"특수한 마법을 익히셨나 보군요. 아까부터……. 상당히 눈에 띄는 플레이를 하고 계십니다."

한주혁이 피식 웃었다.

"운이 좋았죠, 뭐."

그냥 다들 이렇게 얘기하지 않는가. 운이 좋다고. 그래서 그렇게 얘기했다. 신강현은 일단 납득하기로 했다.

"……운이군요."

마지막 플레이어까지 위로 올라온 그 시점부터, 더욱 황당한 일들이 계속해서 이어졌다.

마지막으로 위로 올라온 플레이어는 땀을 뻘뻘 흘렸다. 그의 닉네임은 '핵초리'. 한주혁에게 여러 번 소리쳤던, 덩치 큰 플레이어다.

'헉. 시발.'

죽는 줄 알았다. 사실 추락했을 때 H/P가 거의 0에 근접했다. 마지막에 충격을 흡수해 주는 '소프팅' 스킬을 사용하지 않았다면 아마 죽었을지도 모른다.

제국이 플레이어를 지원하는 이런 퀘스트에서 아무것도 못하고 죽었다면 아마 많이 억울했을 거다.

'겨우 살았네.'

올라와서 이마에 흐르고 있는 땀을 닦아냈다. 다른 플레이어들도 안도의 한숨을 내쉬고 있는 게 보였다. '핵초리'는 자신을 끌어 올려준 플레이어를 쳐다봤다.

'저 새끼…… 뭐지?'

고맙긴 진짜 고마운데.

'무슨 수를 쓴 거지?'

도통 모르겠다. 아까까지는 그냥 운 좋은 저레벨 플레이어인 줄 알았는데 약간 시선이 바뀌었다.

'왜 땀도 안 흘려?'

그는 연신 이마에 흐르는 땀을 닦아냈다. 그럴 수밖에 없었다. 50미터가 되는 절벽을, 플라이 등의 비행마법 없이 위로 기어올라 왔으니 힘들 수밖에.

'근데 저 새끼는 하나도 안 힘들어 보이네.'

자신은 혼자 올라왔지만, 저 플레이어는 무려 60에 달하는 플레이어들을 하나하나 끌어 올리지 않았는가. 힘들었으면 저 플레이어가 더 힘들어야 정상인데.

'도대체 뭐가 어떻게 돌아가는 거야?'

한주혁을 보며 황당해하는 사람은 핵초리뿐만이 아니었다. 아니. 핵초리보다도 더욱 황당해하는 사람이 바로 4강 중 한 명인 신강현이었다.

'이건 말도 안 된다.'

신강현은 한주혁을 유심히 살폈다. 근력을 크게 늘려주는 '스트렝스' 마법도 사용하는 것을 보지 못했다.

'그럴 리는 없어.'

마법도 없이 이 정도 인원을 끌어 올렸다고?

'스트렝스 마법의 도움 없이. 그냥 순수 힘으로?'

전사 계열도 아니고 마법사의 힘이 저렇게 강할 리는 없다. 만약 마법사의 힘이 저 정도로 강했다면 그건 사기다. 사기 아니면 버그. 그렇게밖에는 설명할 길이 없다. 적어도 4강 중 1인인 신강현의 상식으로는 그랬다.

'레전드급 아이템이라는 말이 사실인가.'

레전드급 아이템. 저 아이템의 도움인 것이 틀림없는 것 같았다.

'그래. 레전드급이 괜히 레전드급이 아니니까.'

거기까지는 그냥 그러려니 했다.

운이 좋았다는 말을, 일단은 믿어보기로 했으니까. 운빨로 어찌어찌 이렇게 좋은 플레이를 보여줬다고. 일단은 그렇게 쳤다. 일단은.

어두컴컴한 복도를 따라 걸었다. 신강현은 무언가를 느꼈다.

'온도가 높아지고.'

상당히 더웠다. 그리고 굉장히 습했다. 마치 습식 사우나에 들어온 것 같은 기분이었다.

'이곳이군.'

이곳이 세 번째 관문이 이어지는 곳이다.

환경이 변한다. 그 환경에 따라, 새로운 마나트랩이 이어진다. 신강현은 그 모든 것을 이미 꿰뚫고 있다.

"잠시만. 멈춰요."

이 파티의 실질적인 리더인 신강현의 말에 따라 모두가 멈췄다.

"제 디텍팅에 뭔가 걸렸습니다."

디텍팅에 걸린 것이 아니라 원래 알고 있다. 눈에 보이지 않는, 마나트랩이 있다.

"제 감각에 의하면……."

절삭력이 매우 강한, 눈에 보이지 않는 투명 실이 거미줄처럼 펼쳐져 있다. 아무것도 모르고 그냥 걸어갔다가는, 몸이 반 토막 난다.

물론 보통의 경우, 올림푸스 내에서 그렇게 사실적인 묘사는 이루어지지 않겠지만(특별한 경우에는 사실적으로 묘사된다) 어쨌든 마법사 플레이어들의 방어력으로는 버틸 수 없을 만큼의 데미지가 들어오게 되어 있다.

"눈에 보이지 않는, 절삭력이 매우 강력한 마나트랩이 깔려 있습니다."

신강현만 그걸 느꼈다고 말했다.

"저는 느껴지지 않아요."

"저도요."

"저도 아무것도 없는 것 같아요."

그래서 신강현이 인벤토리에서 고깃덩이 하나를 꺼냈다. 그것을 허공에 집어 던졌다.

투두둑-!

허공에 던져진 고깃덩이가 순식간에 토막나서 바닥에 떨어졌다.

"이러한 마나트랩입니다."

신강현이 속으로나마 씨익 웃었다.

겉으로는 차분한 리더의 모습을 보여주기로 했다. 첫 번째, 두 번째에서는 갑자기 나타난, 앤서라는 플레이어가 대활약했다면 이제부터는 자신이 대활약할 차례. 어쨌든 제국의 지원을 얻는 사람은 자신이 되어야 하니까.

신강현이 침착하게 말을 이어갔다.

"이 마나트랩을 파훼할 방법을 알 것 같습니다."

그때. 핵초리는 발견할 수 있었다.

"어……? 강현 님. 저기 좀……."

핵초리가 손가락으로 한 방향을 가리켰다. 손가락이 가리키는 방향 끝에는 플레이어 하나가 걸어가고 있었다. 그 플레이어의 이름은 앤서. 바로 한주혁이었다.

한주혁은 생각했다.

'뭐야.'

뭐 엄청난 게 있는가 했더니.

'그냥 절삭력 강한 마나 실이 있다는 거지?'

역시.

'빨리 레벨을 올려야겠어.'

레벨이 낮으니 스킬도 없고, 스킬이 없으니 활용할 수 있는 능력이 별로 없다.

'심안이 있었으면 다 보였을 텐데.'

마나의 흐름도 전부 읽어내는 심안이다. B급 플레이어들이 참여 가능한 곳의 마나트랩을 못 읽을 리 없다.

한주혁이 신강현을 힐끗 쳐다봤다.

'쟤만 해도 이렇게 똑똑한데.'

4강 중 한 명이라더니. 그래도 좀 똑똑하긴 한가보다. 다른 플레이어들은 이곳의 마나트랩을 읽지 못했는데. 저 플레이어만 읽었다.

'내 눈에는 안 보여!'

그래서 좀 별로다. 역시. 빨리 레벨을 올려서 좀 캐릭터답게 키워야겠다.

그래. 이왕 키우는 거, 제대로 된 적대악으로 키우지 뭐.

제국에서 키우는 적대악쯤 되면, 절대악을 상대로 할 때 유리한 뭔가를 주지 않을까 싶다.

'12대 초인 아이템도 내 거.'

그리고.

'적대악 것도 내 거.'

그리고 또.

'젊은 영웅 칸트랑 대도 블랙도 우리 편.'

아주 괜찮은 시나리오 아닌가. 장밋빛 미래를 그리며 아주 가벼운 마음으로, 그보다 더 가벼운 발걸음을 옮겼다.

신강현은 말할 뻔했다.

"위······."

위험하다고 말하려고 했는데 말하지 못했다. 저 플레이어가 그냥 지나갔기 때문이다. 마치 아무것도 없는 것처럼. 아니. 아무것도 없는 건 아니었다.

'있기는 있어.'

아주 잠깐씩, 푸른색 이펙트가 터진다. 마나트랩과 플레이어가 닿을 때 발동되는 이펙트다. 잠깐 터져 나오는 희미한 빛이지만 신강현은 분명히 봤다.

한주혁이 뒤를 쳐다보며 말했다.

"별거 아닌데요?"

그 말에, 핵초리도 한 번 움직여 봤다.

'그래.'

이거 괜히 신강철이 오버하는 게 아닌가 싶다. 4강이라는 이름을 앞세워서, 지나치게 조심하고 있는 게 아닐까 싶었다.

'어디 나도 한 번.'

그랬다가.

"어억⋯⋯!"

바로 뒤로 물러섰다.

'씨, 씨발.'

H/P를 확인해 봤다. 간당간당했다. 죽을 뻔했다. 오늘만 벌써 죽을 위기를 두 번이나 넘겼다. 그 모습을 다른 플레이어들도 봤다.

'진짜 뒤질 뻔했네.'

살짝 닿기만 했는데 죽을 뻔했다. 그만큼 절삭력이 강력하며, 그만큼 강력한 데미지를 주는 마나트랩이라는 소리였다. 그런 곳을 저 앤서라는 플레이어는 그냥 걸었다. 아무것도 없는 것처럼.

"아. 이거 여기 있네요."

그다지 몰래 숨겨놓지 않은 에너지스톤. 플레이어들 수준으로는 절대 부술 수 없다고, 신강현의 스승인 미염사가 그렇게 얘기했던 에너지스톤이 아주 쉽게 부서졌다.

"이걸로 마나트랩은 제거된 거 같네요."

아. 이거 너무 쉽다. 역시 B급 퀘스트다. 이게 만약 '대도. 블랙을 찾아라!'와 연관된, 대퀘스트의 연동 퀘스트가 아니었다면 이렇게 쉬운 것쯤 그다지 관심 가지지 않았을 거다.

'빨리 깨자.'

이 정도 난이도면 별거 아닐 거 같다. 신강현은 할 말을 잃었다.

'내가 활약할 기회가……'

벌써 세 번은 활약해야 했다. 원래 이곳을 클리어하려면 특수한 용액을 뿌려 마나트랩을 간파해야 했다. 눈에는 보이지 않지만, '두돈파 용액'에 닿으면 그때부터는 육안으로 파악이 가능해지는 트랩이었으니까.

물론, 그는 두돈파 용액을 미리 갖고 있는 상황이었고.

'세 번이나 사라졌다.'

정말 황당한 건 저 앤서라는 플레이어는 자신과는 완전히 다른 조건의 플레이어라는 것. 자신이 이곳의 공략법을 완벽하게 익혀서 차분차분 클리어해 나갈 수 있는 능력을 가졌다면.

'저놈은…… 완전히 달라.'

또 다른 플레이어. 핵초리는 이렇게 결론 내렸다.

'딴 거 다 필요 없이.'

그냥.

'피지컬로 다 씹어먹네.'

괴물이었다. 마법사의 피지컬이 어떻게 저런지 모르겠다. 레전드급 아이템으로 떡칠을 한, 재벌 3세 정도 되는 건가.

핵초리는 이 말도 안 되는 상황을 믿기 힘들었다.

'4강 중 한 명인 신강현이 완전히 묻혔어.'

그것도 그냥 피지컬로. 뭐 저런 인간이 있나 싶었다.

'제대로 된 마법은 거의 보여주지도 않았는데.'

마법 없이, 마법사들의 퀘스트를 클리어해 가고 있지 않은가. 이쯤 되면 저 플레이어가 진짜 마법사가 맞는지 의심스러울 정도다.

신강현이 물었다.

"혹시…… 힘법사입니까?"

신강현의 기준에서, 가끔 그런 변태들이 있다.

마법사인데 힘을 올리는. 그러다가 운 좋게 히든 클래스를 얻게 되거나, 특별한 기연을 얻게 되어 강해지는, 정말 희귀한 경우가 있기는 있다.

한주혁이 씨익 웃었다.

"비밀입니다."

사실 한주혁 자신도 자신이 무슨 법사인지 잘 모른다. 그냥 모든 스탯이 다 높다.

그 다음 관문에서, 신강철은 또다시 황당함을 겪어야만 했다.

'설마……'

그 설마가 사람 또 잡았다.

'이번에도 그냥 클리어?'

앤서라는 저 괴상한 플레이어 손에는 또 다른 에너지스톤이 들려 있었다. 기초마법. 파이어볼에 의해 그 에너지스톤이 박살 났다.

그 다음 관문.

'설마. 이번에는 아니겠⋯⋯.'

쫘지직-!

에너지스톤이 또 부서졌다.

그 다음 관문.

'이번에는 정말 조심해야 한⋯⋯.'

쫘지직-!

에너지스톤이 또 부서졌다. 목소리도 들려왔다.

"운 좋네요. 트랩 부쉈으니 건너와요."

이쯤 되니 4강 중 한 명인, 신강현은 완전히 묻혔다. 예상과는 완전히 다른 전개였다. 신강현은 슬슬 불안해졌다. 불안해진 정도가 아니라 굉장히 초조했다.

'이건⋯⋯. 너무 예상과 다른 전개다.'

이건 흡사 원맨쇼에 가까웠다. 자신이 원맨쇼를 했어야 했는데. 앤서라는 플레이어 혼자 원맨쇼를 하고 있다. 이건 아니다. 이렇게 되면 안 된다.

'방법을 찾아야 한다.'

이대로 끝까지 가면 모든 보상은 저 플레이어가 독식하게 될 거다. 제국의 전폭적인 지원 역시, 저 플레이어에게 돌아가게 될 것이다. 이곳은 그런 곳이니까.

'판세를 뒤집어야 해.'

지금 저 플레이어에게 집중되어 있는 이목을 이쪽으로 돌리고, 반드시 영웅이 되어야 했다.

그런데 그게 쉽지 않았다.

"안 와요?"

한주혁이 또 다른 에너지스톤을 부숴 버렸다. 이쯤 되니 마법사 플레이어들의 시선은 거의 경외에 가깝게 변했다.

그들도 중간중간 시도해 봤다. 앤서처럼 플레이가 가능한지. 결과는 아니었다.

앤서처럼 했다가 핵초리는 세 번이나 죽을 뻔했고, 다른 플레이어들 중 세 명이 사망했다. 결과적으로 말하자면, 이런 식의 플레이어는 앤서라는 저 괴물 같은 플레이어만 가능하다는 얘기였다.

핵초리가 귓말을 보냈다.

-야. 근데 좀 조심해야 하는 거 아니냐?

처음에 반말을 썼었다. 나중에 존댓말을 쓰기 괜히 혼자 민망해서 이렇게 얘기했다.

쉽게 말해 허세를 좀 부렸다. 사실 그렇다기보다는, 그냥 한주혁한테 귓말 한번 걸어보고 싶었다. 일종의 동경심 비슷한 감정이었다.

한주혁도 반말로 대답했다.

-왜?

-이곳은 등급이 상당히 높은 퀘스트 던전이니까……?

한주혁이 어깨를 으쓱했다.

-그냥 대충 걷자. 형 믿고 따라와.

핵초리는 저도 모르게 '네, 형' 하고 대답할 뻔했다. 그 사이 한주혁의 손에 들려 있던 에너지스톤이 완전히 박살 났다.

에너지스톤을 부수고 있는 한주혁을 쳐다보며, 플레이어들은 쑥덕거렸다.

"저 플레이어도 4강 중 한 명이야?"

"아냐. 절대 아냐."

1악 아래 4강이 있다. 한 명은 앱솔루트 네크로맨서 천세송이고, 또 한 명은 7번 성좌 루나다.

다른 한 명이 미염사의 제자 신강현이고, 또 다른 한 명은 흑사자 길드의 길드장 '인피니티 쉰'이다.

"모든 4강 다 봤는데…… 4강 아냐."

"근데 어떻게 저렇게 플레이를 해?"

"나도 모르지."

앤서의 플레이는 기상천외했다. 눈으로 보면 너무 쉬워 보였다. 누구나 다 할 수 있을 것 같았다. 그런데 막상 직접 해보면 불가능했다.

"이거……. 적대악을 키우는 퀘스트라더니……."

"설마 저 플레이어가 적대악?"

"그러면 얘기가 좀 되지 않냐?"

신강현도 플레이어들이 쑥덕거리는 걸 들었다.

'아니다.'

적대악은 자신이 되어야 했다. 제국의 전폭적인 지원을 받으면서, 절대악을 상대하기 위한 대항마로 성장해야 했다. 그것이 그의 목표였고 열망이었다.

'적대악은 나다.'

이번에 판세를 뒤집을 수 있을 것이다. 저 해태의 문양이 새겨진 거대한 철문을 지나면, 거기서 판가름을 낼 수 있을 거다.

'너도 활약하긴 했지만……'

저곳에서 반드시 죽을 것이다. 그는 그렇게 믿었다. 만약 죽지 않는다면.

'무슨 수를 써서라도 내가 죽인다.'

그렇게 하기로 했다. 적대악은 자신이 되어야만 했으니까.

거대한 문이 보이기 시작했다. 높이는 약 10미터. 군데군데 녹이 슬어 있었고, 문에는 상상 속 동물 해태를 닮은 문양이 양각으로 새겨져 있었다.

'여기서 승부를 본다……!'

여기서 무슨 수를 써서라도 앤서를 죽이기로 했다. 적어도 그 순간까지. 그는 그럴 수 있을 것이라 믿어 의심치 않았다.

9장
4개의 이유

높이 약 10미터의 거대한 철문.

끼기긱-!

상당히 기분 나쁜 소리를 내며 문이 저절로 열리기 시작했다. 문 안쪽은 어두웠다. 그 어둠 가운데. 한주혁은 무언가를 발견할 수 있었다.

'눈동자?'

녹색 빛을 뿜어내고 있는 무언가가 보였다. 맹수 형태의 몬스터라 짐작할 수 있었다. 한주혁의 예민한 청력에 '그르릉' 대는 숨소리도 들려왔다.

'약간 어색하네.'

그르릉- 대고는 있으나 그 숨소리가 자연스럽지 못했다.

'마치…… 스피커에서 재생하고 있는 소리 같은 느낌.'

일반인의 상식을 한참 벗어난 한주혁의 신체는 디텍팅 마법이나 심안의 도움 없이도 그 정도는 쉽게 간파할 수 있게 만들어 주었다.

'오케이.'

뭔지는 모르겠지만.

'그냥 대충 걸으면 되겠지.'

안을 향해 걸어갔다. 신강현을 비롯한 다른 마법사 플레이어들도 그 뒤를 따라 걸었다. 계속해서 한주혁을 말려왔던 신강현도 이번에는 그냥 따라 걸었다.

핵초리가 그 모습을 보면서 생각했다.

'4강도…… 결국 두 손 두 발 다 들었나?'

그러니까 이제 딴지 안 걸고 그냥 하고 싶은 대로 내버려 두는 것 아니겠는가.

'앞에 몬스터 비슷한 것이 하나 있는데.'

어두워서 잘 보이지는 않지만 분명히 느껴졌다. 크기는 약 4~5미터 정도로 추정된다. 고양이과 대형 맹수 같은 느낌. 그러나 생명체의 느낌은 아니었다.

그때 앞서 걸어가던 앤서로부터 목소리가 들려왔다.

"아."

일반 마법사들 육안으로는 볼 수 없지만 한주혁의 눈에는 보였다.

"골렘이네."

고양이과의 대형 맹수처럼 생기기는 했는데, 온몸이 하얀색 화강암 재질이었다. 돌로 만들어진 고양이과 맹수.

"일반적인 몬스터는 아니고……."

올림푸스 세계에 자연적으로 존재하는 몬스터. 설정값에 존재하는 몬스터는 아니었다. 인위적으로 만든 몬스터다.

"얘도 에너지스톤이 어딘가에 숨겨져 있겠네요. 강현 님. 어디 있는지 모르겠어요? 보니까 디텍팅 스킬 엄청 좋은 거 갖고 있는 거 같던데."

하루 전.

미염사가 이렇게 말했다.

"특별히 제작한 특수 골렘이 있을 것이다. 그곳은 조심해야 할 필요가 있는 곳이다."

"제자가 어떻게 하면 되겠습니까?"

"골렘은 특수한 힘을 가졌다. 플레이어를 죽일 때마다, 그 플레이어의 M/P를 흡수한다."

M/P를 흡수하는 형태의 특수 골렘.

"내 계산으로는 약 10여 명 정도 플레이어의 M/P를 섭취하고 나면, 에너지스톤의 위치를 찾을 수 있을 것이다."

"10명 정도의 제물이 필요하겠군요."

"그렇지. 위치를 찾는다고 해도 쉽게 부술 수는 없을 것이다. 이전보다 훨씬 강력한 방어 마법이 걸려 있을 테니까."

그것도 방법이 있었다.

"그 방어마법을 파훼하기 위하여, 또다시 10여 명의 M/P가 필요하다."

"에너지스톤에게 제물로 바쳐야 한다는 뜻입니까?"

미염사가 고개를 끄덕였다. 에너지스톤을 공격하면 에너지스톤에 걸려 있는 마법이 반격한다. 그 반격에 의해 사망한 플레이어는 M/P를 전부 빼앗기게 된다. 그렇게 약 10여 명의 M/P를 흡수하게 되면 방어 마법은 약화된다.

"이것을 몸에 지니고 있으면, 너를 공격하지 않을 것이다."

미염사는 빨간색 보석 하나를 전해줬다.

"추정 레벨이 약 170 정도는 될 것이다. 정확하고 섬세한 설계를 통해 만든 놈이 아니기 때문에 정확한 힘은 나도 모른다."

플레이어들의 레벨은 아무리 높아도 100을 넘기기 어렵다. 지난 200년간 그래왔다. 미염사도 당연히 그렇게 생각했다. 따라서 레벨 170 정도의 난이도를 가진 골렘을, 직접 상대할 수는 없을 것이다.

"우연히라도 에너지스톤을 발견하여 공격하게 될 확률도 있지 않습니까?"

"그럴 수도 있기야 있겠지."

공간 안 특별한 곳에 숨겨놓은 건 아니니까. 플레이어들의 수준을 그렇게 높게 치지 않는 미염사이기에, 대충 만들었다.

"그러나 최소 레벨 200은 되어야 그것을 부술 수 있을 것이다."

"알겠습니다."

그 이후로, 미염사의 설명이 이어졌다.

"그놈을 잡고 나면…… 공헌도에 따라 차등 보상이 주어지게 될 것이다."

그러나 그 차등 보상 자체가 중요한 건 아니었다.

"90퍼센트 이상의 높은 공헌도를 기록하게 된다면."

그때에서야 비로소.

"진짜 마법사의 무덤이 열리게 될 것이다. 명심하거라. 90퍼센트 이상의 공헌도이다. 공헌도 측정 시스템은 수석마법사 그 늙다리가 만들어 놓았으니 거의 정확할 것이다."

신강현이 앤서(한주혁)에게 말했다.

"당장은 에너지스톤 위치를 파악하기가 어렵습니다."

"그래요?"

한주혁은 살짝 아쉬운 듯 어깨를 으쓱했다. 그래도 4강이라고 해서 기대를 좀 했는데.

'역시 심안이 있어야 해.'

매일같이 운용하던 심안이 없으니 불편해 죽겠다. 빨리 레벨 올려서 베르디한테 좋은 스킬들 좀 많이 받아내야겠다.

신강현이 다시 말했다.

"일단은 골렘을 상대해야 하는 것 같군요."

어느새 이 파티의 리더는 신강현과 앤서가 되어 있었다. 그 누구도 이것에 의의를 제기하지 않았다. 사실상 이곳 클리어는 전부 앤서가 했다고 해도 과언이 아니다. 그나마 신강현이 이곳의 리더 역할을 할 수 있는 것은 '4강'의 이름값 덕분이었다.

"오케이."

한주혁이 고개를 끄덕였다. 또다시 앞으로 걸어갔다. 핵초리에게 말했던, 이른바 '대충 걷자'를 시전했다.

그르릉-! 그르릉-!

숨소리가 점차 거칠어졌다.

누군가가 마법명을 말했다.

"라이트닝."

이 어두운 공간을 밝히기 위함이었다. 그와 동시에 신강현이 바짝 긴장했다.

'지금……!'

그와 동시에 '크아아아아앙!' 하고, 요란한 울음소리가 터져 나왔다. 빛에 반응하는 골렘이다. 이 어둠이 갑갑한 플레이어 중 누군가는 반드시 빛을 밝혀주는 마법을 사용할 것이라고, 미염사는 그렇게 짐작했다.

'한 명이 잡아 먹혔겠…….'

10명을 잡아먹으면 에너지스톤의 위치가 드러난다.

"헉…… 헉……!"

핵초리는 바닥에 무릎 꿇고 앉아 거친 숨을 몰아쉬었다.

"씨팔……!"

오늘만 벌써 네 번째 죽을 뻔했다. 사실 방금은 죽을 뻔한 지도 몰랐다. 어두운 게 너무 답답해서 불을 좀 켰더니, 골렘이 엄청난 속도로 달려들었다.

튀어오는 것이 마치 총알과도 같았는데, 그의 눈이 골렘을 봤을 때에는 이미 늦은 상황이었다. 골렘이 마치 호랑이처럼 오른팔을 들어 올려 핵초리를 후려치는 그 순간.

또 다른 빛이 번쩍 했다.

콰과광-!

거대한 효과음이 터져 나왔다.

'바, 방금 그거……'

바로 눈앞에서 똑똑히 봤다.

'파이어볼.'

정말 간단한 마법이다. 초등학생도 쓰는 마법. 그 파이어볼이 자신을 지켜줬다. 그냥 지켜준 정도가 아니었다.

"골렘이……"

눈앞에서 박살 났다. 그냥 순식간에. 마법 한 방에 녹아내렸다. 눈앞에서 골렘이 박살 나는 것을 본 핵초리보다 신강현이 더 놀랐다.

'말도 안 돼.'

추정 레벨 170에 달하는 골렘이 한 방에 박살 났다. 다른 마법도 아니고 파이어볼에.

'뭐지?'

내가 모르는 무언가가 또 있나.

'파이어볼이 아니라 파이어볼의 형태를 한 궁극기인가.'

한주혁이 어깨를 으쓱했다.

"뭔지 모를 때에는 일단 때려 부수는 게 좋거든요."

골렘의 몸은 산산조각이 났다. 복구되려면 시간이 좀 필요할 것 같았다.

'이럴 때 심안이 있었으면.'

어디서 마나가 공급되어 놈을 복구시키는지 쉽게 찾아낼 수 있었을 텐데. 여전히 아쉬웠다.

신강현이 떨떠름한 표정으로 말을 이었다.

"그건 그렇긴 합니다만……"

아무것도 모를 때. 단서가 없을 때에는 일단 싸워보는 게 좋다. 그렇기는 한데, 그것도 안전이 보장되어 있는 상황에서나 그렇게 할 수 있는 거다. 괜히 들쑤셨다가 갑자기 예상치 못했던 트랩 같은 것이 생길 수도 있으니까.

'이 플레이어는……'

처음에는 그냥 무모하고 운이 좋다고 생각했다. 그렇게밖에는 생각할 수 없었다. 그런데 그게 아닌 것 같다.

'자신감에 가득 차 있는 건가?'

이따위 던전에 그 어떤 트랩이 숨겨져 있더라도, 그다지 신경 쓰지 않는다는 마인드. 별로 안 위험하다는 마인드가 없으면 저렇게 행동하지는 못할 거다.

한주혁이 말했다.

"에너지스톤이 분명 어디 있기는 있을 거예요. 한 번 찾아봅시다."

그 말에 마법사들이 빠르게 움직이기 시작했다. 골렘을 마법 한 방에 박살 내는 그 시점에서, 이제 2인 체제가 아니라 1인 독주 체제로 바뀌었다. 신강현보다도 앤서가 훨씬 더 강력한 플레이어라고, 다들 그렇게 생각했다.

신강현도 찾는 시늉을 하기는 했다.

'어차피 못 찾아.'

플레이어들 수준에서는 찾을 수 없도록 결계를 걸어놓았다. 제국의 차석마법사가. 절대 못 찾는다.

'기회는 다음.'

플레이어들이 제각각 라이트닝을 사용했다. 골렘이 완전히 복구되는 그 순간. 플레이어들을 노릴 거다. 그 타이밍이 매우 빠를 거다. 어느 순간 갑자기 복구되는 형태의 골렘이니까.

'그 순간을 노려서.'

품 안의 독침을 만지작거렸다. 미염사로부터 받은 아이템이다. 등급은 무려 유니크. 뛰어난 살수들이 사용하는, 유니크 등급 아이템이다. 부검을 하지 않는 한, 흔적이 남지 않고 은밀하게 사용할 수 있는 아이템. 저놈을 죽여야 했다. 진정한 의미의 '마법사의 무덤'에 접근하는 것은 자신이어야 했다.

그르릉-!

골렘 복구가 완료되었다.

콰과광!

그와 동시에 박살 났다.

그르릉-!

골렘 복구가 완료되었다.

콰과광!

또 박살 났다.

그르릉-!

골렘이 되살아났다.

콰과광!

다시 부서졌다.

신강현은 좀처럼 기회를 잡지 못했다. 골렘이 되살아나서 난장판을 만들어야 기회를 노릴 수 있을 텐데.

'저거 완전 미친 새끼 아냐.'

앤서의 움직임은 상상을 초월했다. 다른 짓을 하고 있다가도 골렘이 복구되는 그 순간, 그 타이밍에 정확하게 파이어볼을 사용했다.

동체시력, 반사신경…… 그 모든 것이 상상을 초월했다.

한주혁은 아무렇게나 마법을 난사했다.

"파이어볼."

그리고.

"워터볼."

기본적인 마법들을 여기저기 사용했다. 사실 그거밖에 못 쓴다. 이번에 얻은 유령화 마법 등은 이곳에서는 필요 없는 마법이었으니까.

'어디 숨겨져 있으면…….'

그냥 마구 때리다 보면 어디 한 곳쯤은 얻어걸리겠지. 그런 마인드로 쉽게 접근했다.

그러던 찰나.

'응?'

계속 보아하니, 신강현의 태도가 좀 이상했다.

'요것 봐라?'

뭔가를 하려는 것 같은데. 별로 티가 나지는 않았지만, 안타깝게도 당사자가 한주혁이다. 레벨 1000에 달하는 스탯을 가진 한주혁. 아주 사소한 행동도 다 보인다.

그래서 일부러 틈을 보였다.

그르릉-!

골렘이 살아났을 때. 그냥 내버려 뒀다. 아주 잠깐이지만 난동을 부리라고.

앤서가 상대할 때는 그렇게 연약해 보였던 골렘이, 다른 플레이어를 상대할 때는 재앙처럼 군림했다. 플레이어들은 블링크 등으로 골렘에게서 도망치기에 급급했다. 마치 양 떼 속에서 활개 치는 늑대 같았다.

신강현은 기회를 잡았다고 생각했다.

'이때다!'

독침을 사용했다. 별다른 동작은 필요 없었다. 인벤토리에 꺼내서 손에 쥐고 있기만 하면, 알아서 타겟팅을 하고 알아서 쏘아진다.

'죽어라……!'

그런데 그 순간, 신강현은 온몸이 저릿해짐을 느꼈다. 순간, 온몸이 얼어붙는 느낌.

'눈이…… 마주쳤어?'

기분 탓일거라고 생각하는데, 아무래도 아닌 것 같았다. 한주혁이 씨익 웃었다.

'뭐냐, 이건?'

손으로 잡아냈다.

'독침?'

특수한 아이템인 것 같았다. 살수들이 사용하는 아이템인 것 같다.

'제법 똑똑한 놈인 줄 알았더니.'

4강 중 한 명이라길래 똑똑한 줄 알았는데 아무래도 아닌 모양이다.

'별로 위협은 안 되기는 한데.'

왜 이런 짓을 벌였는지. 대충 알 것 같기는 했다. 이미 이런 부류의 사람을 많이 겪어왔다.

'그냥 두면 귀찮아지겠네.'

핵초리가 비명을 질렀다. 급해지니 존댓말이 절로 튀어나왔다.

"으아아악! 앤서 님! 살려주십시오, 형님!"

그래서 한주혁이 마법을 사용했다.

"파이어볼."

한주혁이 사용한 그 파이어볼은, 그 누구도 예상하지 못했던 네 가지 상황을 만들어냈다. 그 네 가지 이유로 플레이어들이 입을 쩍 벌렸다.

신강현은 자신의 눈을 의심해야만 했다.

'이럴 리 없다.'

뭐가 어떻게 된 건지는 모르겠다. 그런데 보였다.

'에너지스톤?'

정확하게 형체가 보인 것은 아니었다. 다만, 윤곽이 드러났다. 아주 잠깐. 반짝 드러난 것은 분명히 에너지스톤의 형태였다.

'에너지스톤을 발견할 수 없다고 하셨는데.'

스승님께서 분명히 그렇게 말했다.

아무리 플레이어들의 수준을 과소평가했다고 해도. 그래도 미염사가 그렇게 말할 정도면, 정말 어지간한 경우 아니면 발견을 못 하는 게 맞았다. 제물을 바쳐야만 발견해야 했다. 그게 맞는 거다.

'그런데 보였어?'

에너지스톤이 보인 것. 그것까지는 그렇다 칠 수 있었다. 정말 놀라운 것은 에너지스톤이 점점 형체를 갖춰가고 있다는 것. 더 정확히 말하자면 조금씩 금이 가고 있는 상태. 실금이 가기 시작하면서, 에너지스톤에 걸려 있던 마법들이 해제되고 모습을 드러내고 있는 것 같았다.

핵초리는 에너지스톤이 모습을 드러냈고 심지어 그것이 부서지고 있다는 것 자체는 그렇게 놀라지 않았다. 이미 아까부터 경험해 왔던 것이니까.

신강현과 달리, 핵초리는 저 에너지스톤이 얼마만큼 부수기 어려운 것인지 잘 모르는 상태니까. 그래서 그걸로는 놀라지 않았다.

"……엥?"

그가 가장 놀란 것은.

'신강현이…… 죽었어?'

신강현이 죽었다는 사실이다. 신강현은 지금 검은 잿더미가 되었다.

'무슨 일이 벌어진 거지?'

이해할 수 없었다.

'상황을 돌이켜 보자.'

적대악이라 짐작되는, 엄청난 히든 클래스일 것이 분명한 앤서가 마법을 사용했다. 공용 마법인 파이어볼을. 아주 약한 마법이었다. 그 마법이 넘실넘실 날아갔다. 날아가서 에너지스톤을 강타했다.

'가만.'

그러고 보니.

'그 전에…… 살짝…….'

맞았다고 보기에는 좀 민망했다.

'살짝 스쳤는데?'

파이어볼이 신강현을 스쳐 지나갔다. 제대로 얻어맞은 것도 아니고 그냥 스쳤다.

'스쳤을 뿐인데?'

스쳤을 뿐인데 신강현이 사망했다. 이게 있을 수 있는 일인가. 마법 공격에 대한 내성이 아주 강할 것이 분명한 신강현이다. 그 신강현이 이토록 무력하게 죽어버릴 줄이야.

정신을 차린 핵초리가 떨떠름한 표정으로 물었다.

"파이어볼 때문에 죽은 겁니까……?"

뭔가. 다른 것이 있겠지. 내 눈으로 파악하지 못한 어떤 비밀이 있겠지. 그 어떤 비밀스러운 것이 신강현을 죽였겠지. 파이어볼로 죽을 플레이어는 절대 아니지 않은가. 대한민국이 자랑하는 4강 중 한 명인데 말이다.

어느새 그의 말은 존댓말로 변해 있었다. 물론 그 스스로도 인지하지 못했다.

한주혁이 피식 웃었다.

"아. 좀 스치긴 했네요."

"파이어볼의 경우. 시전자의 공격의지가 없으면 데미지가 안 들어갈 텐데요."

플레이어들은 일단 두 번 놀랐다.

첫째로, 에너지스톤을 발견한 것도 모자라 그것을 파이어볼 한 방으로 부숴버렸다는 것. 둘째로, 신강현을 죽였다는 것.

한주혁이 말을 이었다.

"저 카오 안 됐어요. 뭘 의미하는지 알죠?"

사실 한주혁은 카오가 되려야 될 수가 없다. 그의 기본 스탯에 '위명'이 등록되어 있기 때문이다. 위명을 얻은 한주혁은 누굴 죽이든 카오가 되지 않는다.

핵초리는 여전히 상황을 제대로 파악하지 못했다.

'카오가 안 됐다는 건……'

그렇다는 말은.

"신강현이 먼저 앤서 님을 공격한 건가요?"

"……."

한주혁이 씨익 웃었다.

"이상한 독침을 쏘던데."

한주혁이 손가락을 들어 올렸다. 그의 손에는 눈으로는 확인이 거의 불가능한 독침이 들려 있었다.

"이거. 딱 봐도 등급 되게 높은 아이템 같지 않아요?"

검은 잿더미가 된 신강현이 필사적으로 외쳤다.

"오해요! 제가 그럴 리가 없지 않습니까!"

"그럼 내가 너 죽였는데 카오가 되지 않은 건 어떻게 설명할래?"

"……."

신강현은 순간 말문이 막혔다. 은밀히 죽일 수 있을 거라고 생각했다.

더 정확히 말하자면, 앤서의 능력치를 대폭 약화시킬 수 있을 것이 확실했었다. 능력치가 떨어진 앤서를, 골렘이 쉽게 죽일 수 있을 거라고 생각했었다.

"시스템이 판단을 내린 거지. 네가 날 먼저 쳤다고."

적어도 올림푸스 내에서, 제우스는 완벽하다고 알려져 있다. 시스템이 그렇게 판단했다면 맞는 거다.

플레이어들이 쑥덕거리기 시작했다.

첫째로, 에너지스톤을 부숴 골렘을 부숴 버린 것. 둘째로, 신강현이 속수무책으로 사망한 것. 셋째로, 신강현을 죽였는데도 앤서가 카오가 되지 않은 것.

이 세 가지 이유로 많이 놀랐는데, 그중에서도 세 번째 이유는 좀 이상하지 않은가.

"신강현이 왜 앤서를……?"

"척 보면 척이지."

핵초리가 침을 퉤 뱉었다.

"4강이라고 해서 뭐 대단한 줄 알았더니."

죽으면 죽었지. 핵초리는 이런 일 용납 못 한다.

"그냥 지가 보상 독차지하고 싶으니까 그런 거네. 제일 유력한 보상 대상인 앤서를 죽이고."

말은 못 했지만 그와 생각을 같이하던 플레이어들이 고개를 끄덕였다. 신강현은 다급해졌다.

'막아야 한다.'

그는 이름값을 중요시한다. 4강에 오른 것도 그에게는 굉장히 영예로운 일이었다. 그런데 그 이름값이 한 번에 곤두박질치게 생겼다.

"오해입니다, 여러분!"

핵초리가 인상을 잔뜩 찡그렸다.

"구질구질하게 굴지 말고. 그냥 좀 꺼집시다. 4강도 씨바 뭐. 별거 없네."

사실은 별거 있다.

비록 사람들이 정한 것이기는 하지만, 앱솔루트 네크로맨서 천세송과 잿빛 마도사 한세아와 어깨를 나란히 하는 한국 내 최고수다. 예전으로 치면 대연합의 간부 이상의 이름값을 가진 플레이어다. 당연히 별거 있다. 다만 상대가 너무 나빴다. 원래 강함이라는 건 상대적인 거니까. 상대를 너무 잘못 만났다.

'안 돼.'

이 일은 인터넷상에 금방 퍼져나갈 거다. 올림푸스 매니아에도 소문이 날 거다.

'절대 안 돼!'

안 된다. 이럴 수는 없다. 어떻게 쌓아온 이름값인데. 그러나 막을 수 없었다. 그가 제아무리 4강이라 할지라도, 강제로 그아웃을 막을 방법은 없었으니까.

'제기랄!'

신강현이 로그아웃 당했다. 이곳에 모인 플레이어들 그 누구도 예상하지 못했던 결과였다.

핵초리가 말했다.

"이제 보니 그냥 운 좋은 히든 클래스가 아니라 그냥 개쩌는 형이었네요."

한주혁은 그런 핵초리의 모습에서 다른 사람을 봤다. 루펜달의 향기가 솔솔 풍겨왔다. 한주혁은 딱히 대답하지 않았다. 그다지 대답할 말도 없었고.

에너지스톤에 새겨진 실금으로부터 푸른빛이 뿜어져 나왔다. 그와 동시에 겨우겨우 복구를 해가던(이마저도 한주혁에 의해 이미 박살이 나 있었다) 골렘의 몸이 완전히 무너져 내렸다.

마법사들의 놀람은 거기서 끝이 아니었다. 새로운 알림이 들려왔다.

-'마법사들의 무덤'의 '입구'가 클리어되었습니다.
-클리어 과정을 판단합니다.

핵초리는 자신의 귀를 의심했다.

'입구?'

아닌데. 분명히 '마법사들의 무덤'으로 들어 왔는데.

'이 짓거리를 해왔는데…… 이게 입구?'

그렇다는 말은 '진짜' 마법사의 무덤은 따로 있다는 얘기란 말인가. 그런데 뭔가 조금 이상했다.

'뭐야, 이거.'

생각해 보니.

'여기 이름이…….'

이름이 영 심상치가 않다.

쿠구궁-!

벽면이 흔들리기 시작했다. 작은 지진이 일어난 것 같았다.

'마법사의 무덤?'

아무래도 느낌이 좋지 않았다.

-90퍼센트 이상의 공헌도를 세운 플레이어의 존재 유무를 판단합니다.

-90퍼센트 이상의 공헌도를 세운 플레이어를 확인합니다.

-마법사의 무덤이 활성화됩니다.

한주혁을 제외한 모든 플레이어의 몸에서 붉은 빛이 새어 나오기 시작했다. 핵초리가 비명을 터뜨렸다. 플레이어들도 당황했다. 플레이어들이 놀란 네 번째 이유. 이곳이 '마법사의 무덤'이었기 때문이다. 말 그대로 무덤.

"어…… 어어, 씨발!"

잘못 걸린 것 같다.

"그럼 그렇지 제국 씨발놈들!"

플레이어들을 순순히 키워줄 리 없지 않은가.

모든 플레이어에게 보상을 주지도 않을 생각이었던 것 같다. 애초에. 그냥 한 명만 키우려는 속셈이었던 것 같다. H/P와 M/P가 쭉쭉 빨려 나갔다. H/P와 M/P가 별로 없는 저레벨 플레이어들부터 검은 잿더미로 변하기 시작했다.

핵초리는 죽어가는 그 순간에도 열심히 외쳤다.

"형! 형은 아무렇지도 않아 보이네! 내가 이럴 줄 알았어! 형은 살 줄 알았어! 내 이름 핵초리야! 기억해 줘! 나 형이랑 친하게 지내고 싶어! 형! 나 핵초리야! 핵초리!"

꽤 오래 버티던 핵초리마저 사망했다. 한주혁이 주변을 둘러봤다.

'이거, 이거…….'

마법사 플레이어들이 한 방 먹었다. 제국을 너무 믿었던 모양이다.

'애초에 제국의 스탠스는…… 플레이어는 있으면 그냥 좋은 거고, 없으면 말고 였었지.'

그나마 절대악이라는 플레이어가 등장하면서 그에 반대되는 적대악을 키우는 과정. 이게 없었다면 제국에서 플레이어에게 관심을 갖는 일은 없었을지도 모른다.

"나만…… 살아남았네?"

이곳의 이름을 다시 한번 떠올렸다. '마법사의 무덤'이라는 이름을 가진 곳. 말 그대로 마법사의 무덤이 맞기는 했다. 플레이어 마법사들이 전멸했다. 특수한 마법진이 걸려 있는 것 같았다.

-특별한 조건을 만족한 마법사를 제외한 모든 마법사들이 전원 사망하였습니다.
-마법사들의 무덤 확장 조건이 만족되었습니다.

그와 동시에 빛이 뿜어져 나왔다. 약간의 로딩 시간이 지난 후. 필드가 바뀌었다.

"여기는……."

주위를 둘러보니 공동묘지 같았다. 수많은 봉분 위로 까마귀들이 까악까악 짖어대며 날아다녔다. 무덤들 앞에는 회색 비석들이 놓여 있었는데, 겉에서만 봤을 때에는 굉장히 관리가 잘되어 있는 공동묘지처럼 보였다.

"재미있는 형태네."

재미있는 건, 무덤들 위로 형형색색의 마법서들이 떠올라

있다는 것.

'붉은색. 파란색. 초록색. 갈색. 노란색. 흰색. 검은색.'

각각의 묘지 위에 또 각각의 마법서들이 떠올라서 천천히 회전하고 있었다. 또한 각 색깔의 회전하는 마법서들이 각 색깔에 맞는 마법 가루들을 뿌려대고 있었다.

목소리가 들려왔다.

"200년만의 손님이군."

연기가 모여드는가 싶었더니, 그 연기가 모여 사람의 형태를 이루었다.

'NPC?'

NPC인 것 같았다. 보자마자 NPC에 대한 정보가 머릿속에 입력되었다.

"당신이 마법사의 무덤을 지키는 문지기입니까?"

"그렇지. 200년간 이곳을 지켜온 사람이네."

단순한 설정값인 건지, 아니면 어떤 힌트가 숨어져 있는 건지는 모르겠다만 일단 한주혁은 고개를 끄덕였다.

"그렇군요."

문지기가 말했다.

"이곳 땅에 발을 딛고 서 있을 수 있다는 것은, 네가 자격이 있는 마법사라는 뜻이겠지."

"……."

한주혁의 대답은 중요하지 않은 듯했다. 문지기가 말을 이었다.

"200년 전. 이러한 신탁이 있었네. 200년 뒤. 세상을 혼란스럽게 만드는 어지러운 힘이 이 땅을 잠식할 것이라고. 그로 인하여 수많은 사람들이 고통받는 난세가 이어질 것이라고."

"……그렇군요."

괜히 찔렸다. 왠지 절대악을 얘기하는 것 같은 기분이 들었다.

"그 난세를 막아낼 영웅이 필요했네."

설정 얘기가 이어졌다. 200년 전 대마도사 '루블랑'이 200년 후를 대비하여 유산을 남겨놓았다나 뭐라나.

"그 영웅에게는 두 가지 선택지가 주어져 있지."

한주혁은 직감했다.

'선택 퀘스트?'

무엇을 선택하느냐에 따라 결과가 많이 달라지는 퀘스트.

'내용을 들어보면 적대악을 키우는 퀘스트가 맞아.'

종국에는 적대악과 절대악이 대결하는 구도로 이어질 확률이 매우 높다. 지금 자신은 그 중심부에 들어와 있는 상황이고.

"지금 자네는 두 개의 선택 중 하나를 고를 수 있다네."

"선택지가 무엇입니까?"

그런데 문지기의 대답이 조금 이상했다.

"그건……."

10장
루블랑의 진전을 이을 자격

문지기는 두 가지의 선택지를 말하는 대신, 다른 것을 말했다.

"그건……. 나의 시험을 통과하면 알려주겠네."

알림이 들려왔다.

-퀘스트. '루블랑의 진전을 이을 자격'이 활성화되었습니다.

루블랑. 아까 들었던 이름이다. 200년 전 대마도사라나 뭐라나.

-테스트 필드가 펼쳐집니다.

마치 무언가로 그리듯, 흰색의 네모난 라인이 바닥에 새겨졌다. 그리고 그 라인 위로 거울 비슷한 것이 솟아올랐다. 밖에서 보면 마치 통유리 안에 갇힌 것처럼 보였다.

"선택지는 두 개였네. 기억나는가?"

한주혁이 고개를 끄덕이자 노인 NPC가 말을 이었다.

"테스트도 두 개네."

NPC의 수염이 휘날리기 시작했다. 그의 몸에서 푸른색 마나가 넘실넘실 뿜어져 나왔다.

"자네는 세상에 나타난 혼돈의 힘을 처단해야 할 숙명을 가졌다네. 그 혼돈의 힘은 엄청나게 강력한 파괴력을 가지고 있을 것이라 추측되네."

한주혁이 인상을 찡그렸다.

'가만……'

이거 보아하니.

'대단위 마법을 준비하는 모양인데.'

큰 기술 하나를 준비하고 있는 것 같다.

'이때 그냥 콱 쳐?'

천세송의 표현을 빌리자면 푹찍푹찍 푹억푹억이다. 여태까지 아닌 경우는 별로 못 봤다. 그나마 예외를 꼽자면 마족 데미안 정도. 200년 전 대마도사 루블랑도 아니고, 문지기 정도는 한 대 치면 끝낼 수 있을 거다.

한주혁의 생각을 읽기라도 한 듯 알림이 들려왔다.

-공격 불가 필드입니다.

-공격할 수 없습니다.

노인 NPC가 말했다.

"자네는 나의 마법을 막아내야 하네. 결코 만만하지는 않을 걸세. 나의 테스트는 그렇게 비루하지 않으니."

"막아야 합니까?"

"그렇다네. 이 마법은 대단위 마법이니 피할 공간은 없을 게야. 주위를 둘러보게. 반투명한 막으로 가려져 있지 않은가?"

"그렇긴 하네요."

"밖으로는 나갈 수 없네. 폭발의 모든 힘이 자네에게 집중될 게야."

피할 방법은 없다. 피하려면 저 반투명한, 유리막 같은 저것을 부수고 이 공간(필드)을 탈출해야 했다.

NPC가 또 말했다.

"모든 마법을 차단하는 마나 차단벽이네. 자네 힘으로는 저것을 부술 수 없을 게야."

마나를 차단한단다. 마법이 먹히지 않는단다. 그러면.

'그냥 가서 치면 부서질 거 같은데.'

주먹으로 치면 될 것 같기는 한데, 그러면 제대로 된 테스트 클리어가 되지 않을 것 같아 일단 그냥 있었다.

"자네는 마법을 왜 준비하지 않나? 1분 뒤면, 나의 마법이 발동된다네. 이 강렬한 마나의 흐름을 본다면 모르고 있지는 않을 텐데."

"……."

한주혁은 잠시 할 말을 잃었다. 그렇다고 '안 보이는데요'라고 말할 수는 없지 않은가. 이것이 바로 저레벨의 설움이다. 스탯은 높은데 레벨이 낮아 제대로 된 스킬이 별로 없다.

"어서 방어마법을 준비하게. 내 자네의 능력을 시험해 볼 터이니."

NPC의 몸에서 푸른빛이 쏟아져 나왔다. 공간 곳곳에서 그 푸른빛에 응답하듯, 또 푸른빛이 새어 나왔다. 그 빛들은 마치 심장박동처럼 쿵쿵대며 빛을 번쩍였다.

한주혁은 조금 난감해졌다.

'방어마법이라…….'

왠지 이 퀘스트. 그러니까 '루블랑의 진전을 이을 자격'을 제대로 클리어하려면 일종의 방어마법을 사용하여, NPC의 공격마법을 막아야 하는 것 같다.

'방어마법 없잖아?'

없으면 몸으로 때워야 하지 않겠는가. 그래도 혹시 모르니 확인은 받아 놓기로 했다.

"마법을 막아내고 살아남으면 되는 거군요."

"그런 셈이네."

마법을 사용해서 막는 것 말고. 다른 방법은 없을 거라 생각했다. NPC가 다시 재촉했다.

"이제 시간이 얼마 없네. 도대체 언제까지 여유를 부릴 셈인가?"

"당신은 플레이어의 존재에 대해서 알고 있습니까?"

"알고 있지."

죽어도 다시 살아나는 특별한 능력을 가진, 다른 세계의 사람들. 올림푸스와 다른 세계를 자유로이 오가는 사람들. 상당한 속도로, 어느 정도 수준까지는 빠르게 성장하지만 그 이상은 성장하지 못하는 이들.

그는 그렇게 알고 있었다.

"200년간 플레이어들을 접촉할 기회가 없었겠군요."

지금의 모습을, 만약 동생인 한세아가 봤다면 '이오빠가내오빠다'로서의 본능이 꿈틀거렸을 것이다. 인터넷에서 활동하는 '이오빠가내오빠다'의 언어를 빌리자면, '우리오빠는 다 잘하는데 심지어 사기도 잘 쳐요!'쯤 되겠다.

"무슨 말이 하고 싶은가? 어서 마법을 준비하게. 이곳에서 죽으면 델리트되네."

200년 전에도 델리트의 개념이 있었던 것 같다.

"플레이어들은 그렇게 거창한 마나의 흐름을 필요로 하지 않습니다. 특히 저 같은 경우는 더더욱 그렇습니다."

"마나의 흐름 없이 마법을 사용한다고?"

문지기 NPC는 충격을 받았다. 그럴 리가. 그럴 수는 없다.

'200년간……. 플레이어들에게 그런 변화가 있었단 말인가?'

바깥세계에 대해서는 알 길이 없다. 200년 만에 처음 만나는 플레이어다. 200년이면 강산이 변해도 20번은 변하는 시간.

"나는 도무지 이해할 수가 없네. 자네의 말을 전혀 이해할 수가 없어."

"보시면 압니다. 저는 제 나름대로 이미 준비를 끝마쳤습니다."

"어떤 준비를 한 것이지?"

한주혁이 여유롭게 웃으면서 말했다.

"마법사가 밑천을 드러낼 필요는 없겠지요."

그 말에 NPC가 고개를 끄덕였다.

"그 말이 맞지. 모름지기 마법사란 자신의 모습을 보여줄 필요는 없는 것이지. 내 잠시 실수했네."

마법사란 자신의 신변이 노출되면 언제 죽을지 모른다. 강력한 화력을 가졌지만 그 스스로를 보호할 수단이 그렇게 많지 않으니까. 자신의 밑천을 드러낼 필요는 없다.

'어찌됐든……. 막아내면 되는 것이다.'

NPC가 눈을 감았다. 마법명을 말했다.

-Eatteing Theca Nequeit.

목소리가 달랐다. 무슨 언어인지도 알 수 없었다. 한주혁은 막연히, 저 언어가 200년 전에 사용하던 마법언어라고 이해했다.

한주혁의 주변에 무언가가 밀려들었다.

'푸른 안개?'

습기를 잔뜩 머금은 푸른색 안개가 한주혁의 몸을 뒤덮기 시작했다. 한주혁의 몸뿐만 아니라 이곳, 유리막 안의 모든 공간은 푸른 연무가 가득 채웠다.

이윽고 그 푸른 연무는 마치 생명을 가진 것처럼 꿈틀대며 한주혁의 몸으로 몰려들었다.

모든 공간에, 비교적 옅은 농도로 펼쳐져 있던 푸른 연무가 한주혁의 몸을 중심으로 뭉쳤다. 한주혁의 몸을, 거의 물에 가까운 푸른색 연무가 뒤덮었다.

한주혁은 몸으로 그 공격을 받았다.

'꽤 강력한 공격마법 같네.'

NPC가 눈을 번쩍 떴다.

쏴아아아-!

거대한 파도가 밀려드는 것만 같은 효과음이 한주혁의 귀를 덮었다.

NPC가 손을 들어 올리자 한주혁의 몸을 둘러싸고 있던 푸른색 연무가 폭발했다. NPC는 그 순간에도 한주혁에게서 눈을 떼지 않았다.

마법을 사용하는 그 순간에도, 플레이어의 몸에서는 그 어떠한 마법의 흔적도 찾아볼 수 없었다. 도대체 어떻게 막는다는 건지 모르겠다.

'도대체 뭐지?'

폭발한 푸른색 연무가 아직 걷히지 않은 상황.

'죽은 건…… 아닐 테지?'

강력한 마법이긴 했지만 그래도 이곳까지 온 플레이어다. 쉽게 죽지는 않을 거다. 아니, 쉽게 죽으면 안 됐다. 그러면 200년간 기다려 온 의미가 없지 않은가.

혹시 몰라 말해봤다.

"괜찮은가?"

대답이 들려왔다.

"예, 뭐."

푸른색 연무가 사라졌다. NPC는 한주혁의 상태를 보다 정확하게 살펴볼 수 있었다.

"자네……."

"처음 보는 마법이군요."

"H/P는 어느 정도 떨어졌지?"

"H/P요? 직접 한 번 확인해 보세요."

"……."

NPC는 경악했다. 200년간. 플레이어들에게 무슨 일이 벌어진 거란 말인가.

"모든 플레이어들이 자네와 같나?"

믿을 수 없었다.

'H/P가…….'

H/P가 전혀 변하지 않았다. 다시 한번 살펴봤지만 H/P는 미동조차 하지 않았다.

'데미지가 전혀 안 들어갔단 말인가?'

200년간 천지가 개벽이라도 했단 말인가.

"그랬다면 여기에 다른 플레이어들도 함께 왔겠죠. 제가 좀 특별하거든요. 특별한 스승을 만나서."

"그, 그렇군."

그 말에 NPC는 겨우 정신을 차렸다. 그래. 아주 특별한 플레이어임에 틀림없다.

"무슨 마법을 사용한 건지……. 알려주면 안 되겠나?"

"죄송합니다. 스승님의 유지가 있어서요."

"……."

NPC는 더 이상 묻지 못했다. 스승이 말하지 말라고 했다면, 말해주면 안 된다.

'아쉽군.'

테스트를 끝낸 뒤, 자신은 곧 이 세상에서 사라지겠지만 그래도 궁금했다. 알고 싶었다. 하지만 궁금증을 눌러 참기로 했다.

"나는 자네가 어떤 마법을 쓰는지 전혀 확인하지 못했다네."

당연하다. 한주혁은 마법을 쓰지 않았다. 그냥 몸으로 맞았다. 맞아봤자 얼마 안 아팠다.

"그러나 마법을 쓴 것은 틀림없겠군. H/P가 전혀 변하지 않았어. 내 눈으로 직접 보고도 믿을 수가 없다네. 직접 보지 못했다면 결코 믿지 못했을 게야."

어쨌든 첫 번째 테스트는 이렇게 끝이 났다.

"이제 두 번째 테스트가 남았군."

NPC가 품에서 무언가를 꺼내들었다. 검은색의 돌멩이였다. 그것을 바닥에 던지자 집채만 한 바위가 되었다.

"자네의 수호 능력은 이미 확인했네. 반대로 자네의 힘을 시험해야겠네."

"이 바위를 부수면 됩니까?"

"부수는 것은 불가능하네. 내가 요구하는 것은, 이 바위에 최소 한 뼘 정도의 구멍을 내는 것이네."

NPC의 몸에서 다시 한번 푸른빛이 새어 나왔다.

"내 직접 플레이어들의 힘을 확인해 보고 싶네."

유리막 바깥. 그러니까 마법서가 펼쳐져 있는 무덤들에서 플레이어들이 모습을 드러내기 시작했다.

한주혁이 그들을 발견했다.

'음?'

자신의 이름이 '핵초리'라며 열심히 외쳐대던 플레이어가 보였다. 그 플레이어도 자신이 어떻게 되살아났는지 영문을 모르겠다는 표정이었다.

"엥? 나 왜 살았지?"

영문도 모르고 죽었고, 강제 로그아웃을 기다리던 찰나였다. 한주혁이 씨익 웃었다.

'호오. 그렇단 말이지?'

이곳, 예사롭지 않은 곳이다. 단순히 제국의 수석마법사와 차석마법사가 만든 곳이라고 보기에는 어폐가 있었다.

'원래대로라면 강제 로그아웃 되고도 남았을 시간.'

그런데 아직까지도 강제 로그아웃이 안 된 상태다.

'시간축이 다르다?'

제국의 마법사 두 명이 시간 축을 달리하는, 완전히 다른 공간. 아니, 또 다른 차원을 만들어냈다?

'만들려면 만들 수도 있겠지.'

그렇지만 그것에는 많은 시간과 비용. 그리고 노력이 들어갈 것이다.

'단순히 제국에서 만들어낸 퀘스트가 아냐. 메인 시나리오와 연관이 있을 거고. 이건…… 제우스의 큰 그림 중 일부다.'

단순히 B급 이상의 플레이어들이 참여하는, 적대악 키우기 프로젝트의 일환으로 진행되는 퀘스트인 줄 알았는데 단순히 그게 아닌 모양이다. 제국 마법사들이 알든 모르든, 지금 이 퀘스트에는 세계의 미스터리. 제우스가 개입되어 있다.

강제 로그아웃 당하지 않은 플레이어는 약 10여 명. NPC가 그들에게 말했다.

"이 바위에 흠집이라도 내는 플레이어들에게는……."

물약 여러 개를 꺼내놓았다.

"플레이어들은 레벨에 목마르다 알고 있다. 이 물약은 10레벨을 높여주는 물약이다. 대마도사 루블랑의 비약이다."

NPC는 확인하고 싶었다. 정말 200년간, 플레이어들이 획기적인 발전을 이루어 마나의 흐름을 움직이지도 않고 바로 마법을 사용할 수 있는 건지. 앤서라는 이름을 가진 저 플레이어와 비슷하게 마법을 운용하는지 궁금했다.

그 결과는 만족스럽지 못했다.

'200년 전이나 지금이나. 별다른 것이 없는데.'

그 누구도 흠집조차 내지 못했다. 핵초리는 레벨 10을 올려주는 물약이라는 말에, 미친 듯이 마법을 퍼부었지만 소용없었다. 거친 숨을 몰아쉬었다.

'헥! 헥! 씨발. 이거 도대체 뭐지?'

도대체 뭔지 모르겠다. 흠집도 안 난다. 많은 플레이어들이 포기했다. NPC는 고개를 절레절레 저었다. 플레이어들의 수준. 예전보다 좀 높아진 것 같기는 했으나 그냥 그렇다. 별로 감흥이 없었다.

"앤서. 자네가 한번 해보게."

혹시 방어에 특화된 마법력을 가진 게 아닐까. 그렇게 생각해 봤다.

'이번에 확실히 알게 되겠지.'

한주혁이 바위 앞에 섰다. NPC가 물었다.

"어떤 마법을 사용할 생각인가?"

한주혁에게는 마법이 별로 없다.

공격마법이라고 갖고 있는 건 그래봤자 파이어볼, 에너지볼트, 워터볼 이렇게 세 개뿐이다. 개중 파괴력이 가장 강한 것은 역시 파이어볼이다.

NPC는 기대했다. 어떤 마법을 사용할지.

마나의 흐름조차도 파악할 수 없는, 고난이도이자 정체불명의 마법을 사용하는 플레이어. 과연 어떤 마법을 사용할 것인가.

'과연…… 어떤 마법을 사용할 것인가.'

후세에 새로이 생겨난, 이름조차 알 수 없는 새로운 마법을 사용하지 않을까. 그렇게 생각했다. 기대했다.

기대에 잔뜩 부풀어 있는 NPC를 보며, 한주혁이 말했다.

"파이어볼입니다."

"……파, 파이어볼이라 하였는가?"

NPC는 잠시 고개를 갸웃했다. 내가 아는 그 파이어볼은 아닐 테고. 제국의 어린아이도 익힐 수 있는 그 기초적인 마법은 아닐 테고.

'두, 두고 보면 알겠지.'

잠깐 기다려 보기로 했다. 아주 약간의, 마나 흐름이 감지되었다.

'이 흐름은……'

이거 아무래도.

'진짜 파이어볼?'

초급 플레이어들이 쉽게 사용하는 파이어볼의 흐름이 맞다. 200년 전이라지만 그는 이미 알고 있었다. 플레이어가 어떤 식으로 파이어볼을 사용하는지.

파이어볼이 넘실넘실 날았다.

진짜 파이어볼이었다. 이건 아무래도 장난이었다. 자신을 얕잡아 보고 있든지. 상황을 얕잡아보든지. 아무리 생각하고 좋게 봐줘도, 이건 가벼운 장난에 불과했다.

화가 났다. NPC의 얼굴이 붉어졌다.

"자네! 지금 나와 장난을 치자는 것인가!"

그런데 놀라운 일이 벌어졌다.

초급 마법. 파이어볼이 넘실넘실 날았다. 겉보기로는 그렇게 화려한 이펙트는 없었다. 핵초리도 이번만큼은 좀 어려울 거라 생각했다.

'그냥 장난치는 거겠지?'

저 플레이어가 굉장히 특이한 플레이어라는 것은 알겠다. 어쩌면 사람들이 말하는 '적대악'에 가장 유력한 플레이어일 수도 있다.

'어? 가만.'

지금 이럴 때가 아니다.

'얼른. 얼른 켜야지.'

방금 사망해서 연결이 끊어졌었다. 사실 그는 게임 BJ다. 시청자 수가 아주 많지는 않지만, 그래도 그럭저럭 어느 정도 자리까지는 올라왔다. 그래도 고정 시청자 수가 1,000명 정도는 된다. 핵초리가 얼른 캠을 켰다.

-뭐임? 갑자기 살아남?

-뭐야. 방송 끝난 줄 알았는데 다시 들어왔네.

핵초리가 사망한 것으로 알고 있어서인지, 재접속했을 때의 시청자 수는 100명이 채 되지 않았다.

-지금 무슨 상황임?

-핵초라. 설명 좀.

핵초리는 설명할 시간이 없었다.

콰과광-!

폭발음이 터져 나왔기 때문이다.

"으억! 씨팔!"

핵초리는 바닥에 납작 엎드렸다. 등 뒤로 식은땀이 줄줄 흘렀다. 그는 바닥에 엎드린 상태로 실성한 것처럼 중얼거렸다.

"미쳤네. 이거. 미쳤다. 진짜 미친 거 같다."

넘실넘실 날아간 파이어볼에 의해 바위가 박살 났다. 다른 플레이어들이 용을 쓰며 부수려고 노력했던 바위였다. 아무리 때리고 마법을 사용해도 흠집조차 나지 않았는데 파이어볼에 박살 났다. 박살 난 바위는 위험한 흉기였다.

핵초리는 식은땀을 닦아내며 말했다.

"형님들. 이거 무슨 수류탄 터진 거 같지 않습니까?"

바위가 폭발하면서 파편이 무서운 속도로 날았다.

"저 진짜 죽을 뻔했습니다."

앞선 상황을 잘 모르는 시청자들은 고개를 갸웃했다. 저 바위가 박살 난 건 알겠다.

-네가 죽는 건 상관없음. 도대체 무슨 상황임?

NPC는 망연자실한 눈으로 앤서(한주혁)를 쳐다봤다.

"……."

방금 그는 이렇게 소리쳤었다.

"자네! 지금 나와 장난을 치자는 것인가!"

그게 떠올랐다.

'도대체 이건…….'

플레이어의 마법에 어마어마한 비밀이라도 숨어 있단 말인가.

'아니. 그건 아니야.'

일부러 다른 플레이어들을 살려내어 확인해 보지 않았는가. 플레이어들 전부가 저런 괴물 같은 능력을 가지고 있었다면 세상의 흐름이 완전히 바뀌었을 거다. 바깥세상에 대해서 잘은 모르지만, 200년 전 과거와 지금 올림푸스 세계는 그렇게 크게 변하지 않은 것 같았다.

'스트라디움이…….'

그 강력한 반마법 물질인 스트라디움이 박살 났다.

'아예……. 박살이 나버렸어.'

일반 플레이어들 기준으로는 홈집만 내도 충분히 잘했다고 할 정도인데 아예 박살이 났다. 바위의 윗부분이 완전히 날아가 버렸다.

'저 파이어볼의 데미지가 도대체 어느 정도란 말인가.'

저 파이어볼. 일반 파이어볼이 아님에 틀림없었다. 플레이어가 일반 파이어볼로 저런 괴물 같은 능력을 내려면 지능이, 제국에서도 상당히 이름 있는 마법사 정도는 되어야 한다. 플레이어들에게는 불가능한 영역이다.

'엄청나군.'

그에 반해 한주혁은 조금 실망스러웠다.

'밑동이 남았네?'

아예 박살이 났다면 좋았을 텐데.

'역시 상급 마법을 익혀야 돼.'

초급 마법만 가지고는 다양한 걸 할 수가 없다. 절대악으로 행동할 때도 평타만 쓰지는 않지 않은가. 한주혁의 예민한 청력에, 목소리가 들려왔다.

-형님들. 이건 순전히 제 생각인데요.

핵초리의 목소리였다.

'방송하나?'

게임 BJ는 굉장히 흔한 직업이다. 유명 BJ의 경우는 한 달에 억에 가까운 수입을 올리기도 한다.

-절대악과 적대악. 비슷하지 않습니까?

한주혁은 신경 쓰지 않는 척하면서 그 얘기를 들어봤다. 절대악과 적대악이 비슷하단다.

-절대악은 평타로 무쌍을 찍었잖습니까? 근데 저 적대악은 기본 마법으로 무쌍을 찍고 있어요.

평타로 플레이어의 세계를 제패한 절대악. 그리고 초급 마법으로 지금 퀘스트를 클리어하고 있는 적대악.

-역시 이건 적대악을 키우는 프로젝트가 맞는 거 같습니다. 절대악에 대항할 수 있는 클래스가 생겨난 거 같습니다. 형님들. 이거 진짜인 거 같습니다.

방제(방의 제목)를 '적대악의 정체'라고 바꿨더니 시청자 수가 급증했다. 1,000명이 넘게 들어왔다.

한주혁은 피식 웃었다. 핵초리는 절대악과 적대악의 정체에 대해서 어떤 유사성을 발견했다기보다는, 그냥 행동패턴이 닮았다는 걸 알아냈다. 초등학생이 봐도 알 수 있는 정보다.

NPC가 헛기침했다.

"크흠."

"조건은 만족됐죠?"

NPC의 테스트는 두 개라고 했다. 이건 말 그대로 테스트. 정말 중요한 건 두 가지 선택지 중 하나를 고르는 거다. 그래야 '루블랑의 진전'을 이을 수 있을 테니까.

"그렇다네."

그는 떨떠름한 표정으로 사과했다.

"미안하네. 나는 진심으로 자네가 장난을 친다고 생각했네."

"괜찮습니다."

"자네의 스승이 누군지 정말 궁금해지는군."

어떻게 이런 괴물 같은 마법을 가르쳤나 궁금했다. 플레이어들은 한계가 명확히 존재하는 이방인들이다.

레벨업을 통하여 빠른 성장을 이루지만, 반대로 레벨업이 어려워져서 성장이 힘들어진다. 일정 수준까지는 빨리 강해져도, 일정 수준 이상을 넘어서기는 어렵다는 뜻이다. 그런 플레이어를 가르쳐서 이 정도 경지까지 올려놓았다니.

한주혁은 하마터면 인상을 찡그릴 뻔했다. 이 NPC. 쓸데없는 말이 너무 많다. 시간이 점점 길어졌다. 결론만 간단히 듣고 싶은데.

"루블랑의 진전은 어떤 것입니까?"

"그 건……."

알림이 들려왔다.

-테스트를 완벽하게 통과하였습니다.

-더 이상 완벽할 수 없을 만큼 완벽한 클리어입니다.
-더 이상의 추가 테스트가 진행되지 않습니다.

완벽하지 않았다면.
'또 다른 테스트가 또 있었을 수도 있겠네.'
어쨌든 완벽하게 클리어했다. 알림이 이어졌다.

-두 가지 선택지가 주어집니다.
-'제국의 풍요' 선택지가 활성화됩니다.
-'광야의 빈곤' 선택지가 활성화됩니다.

한주혁이 물었다.
"제국의 풍요. 그리고 광야의 빈곤. 자세한 설명을 들을 수 있습니까?"
"설명을 하기 전에. 이미 답은 정해져 있는 것 아니겠는가?"
NPC는 이렇게 얘기했다.
"당연히 제국의 풍요를 선택하는 것이 맞네. 이건 답이 정해져 있는 선택지야."
결론을 이미 내린 상태에서, NPC는 말을 이었다.
"제국의 풍요을 선택한다면 자네의 앞날에는 축복만이 가득할 것이네. 에르페스 제국의 역사는……."
아주 긴 말이 시작되었다.

'또 역사냐.'

에르페스 제국의 역사. 이미 전부터 알고 있다. 올림푸스 초기. 맨 처음부터 역사에 대해 들어왔다. 한주혁이 처음 들었던 센티니아와 루니아 대륙에 관한 설정 알림은 이러했다.

-세계를 지배하던 7개의 세력. 그들은 7천 년간의 전쟁과 화합을 통하여 결국 3개의 세력으로 나뉘었다.

-그중, 가장 악명 높았던 센티니아의 절대자였던 가르시아 멘터스에게는 14명의 부인이 있었으며…….

-맨브라암이 슐터를 낳았다. 슐터가 패권을 잡았으니.

그렇게 시작된 역사는 '맨브라암'과 '칸브라암'의 등장부터 한주혁에게 영향을 끼치기 시작했다.

설정상 절대악인 자신은 '맨브라암'의 후손이다. 그리고 에르페스 제국의 역사는 맨브라암의 형인 '칸브라암'으로부터 시작된다. 형인 칸브라암은 동생인 맨브라암과 가족들을 전부 죽였고(이때 살아남은 한 명의 후손이 한주혁의 스승과 깊은 관련이 있을 거라 추측하고 있다) 칸브라암의 후손이 지금의 제국을 세웠다.

칸브라암의 직계혈통이 황제. 그리고 방계혈통들이 제국의 주요 요직들을 차지하고 있는 상황. 한주혁이 진행하고 있는 메인 퀘스트의 정보에 따르면 그랬다.

거기에 한주혁은 몇몇 정보를 더 얻을 수 있었다.

'아…… 그렇게 되는구나.'

새로운 사실을 알았다. 맨브라암은, 플레이어로 치자면 전사 계열의 영웅이었고 칸브라암은 마법사 계열의 영웅이었단다.

'칸브라암과 맨브라암의 대치.'

맨브라암으로부터 이어진 절대악의 계보.

'그리고…….'

칸브라암으로부터 이어지는 적대악의 계보.

'이거 확실하네.'

결국 절대악은 기존 기득권에 해당하는 제국과 싸워야 하는 운명을 가진 클래스다. 설정상 고대로부터 시작된, 끝나지 않은 전쟁을 끝내야 하는 클래스. 그게 절대악이 가진 클래스 시나리오다.

'반대되는 적대악은 칸브라암으로부터 시작되어.'

마찬가지로.

'맨브라암의 후손인 절대악을 처단해야 하는 거고.'

명확해졌다. 아예 시스템이 이렇다고 말을 해줬다.

'적대악인 앤서는 절대악을 처단할 수 있는 힘을 얻게 되는 거겠지.'

그런데 과거와 같다면? 설정상 과거의 흐름을 똑같이 닮아 간다면?

'맨브라암이 칸브라암에게 일부러 져 주고 죽어줬다고 했어.'

그 설정대로 간다면 맨브라암의 후손이 칸브라암의 후손보다, 기본 설정상 더 강한 힘을 갖고 있을 확률이 높았다.

'대신…… 칸브라암의 후손인 적대악은 칸브라암이 남겨준 세력과 힘을 이용할 수 있을 테고.'

메인 시나리오 퀘스트에 대한 이해도가 한층 높아졌다.

한주혁이 씨익 웃었다. 점점 더 올림푸스 세계, 아니 센티니아&루니아 대륙. 그리고 에르페스 제국의 중심부 속으로 파고들어가는 것 같았다. 재미있었다.

'그래서…… 내가 처음 받았던 중요 퀘스트의 이름이.'

그때부터 이미 이러한 시나리오 흐름을 암시하고 있었다.

'절대자의 귀환.'

짧은 퀘스트명이지만 이 퀘스트명이 자신의 클래스 시나리오를 완벽하게 암시하고 있었던 것 같다.

'이번 퀘스트는……'

제국의 풍요를 선택하여 제국의 전폭적인 지원을 통하여 진정한 적대악으로 거듭나는 것이 그 목적이다. 이곳 '마법사의 무덤'에서 확인했듯, 이것은 단순히 제국에서 플레이어들을 끌어들이기 위한 가벼운 퀘스트가 아니다.

시간 축을 바꿀 만큼 이 올림푸스 세계가 중요시하고 있는 퀘스트다. 절대악 퀘스트와 더불어 진행되는 메인 퀘스트. 적대악 퀘스트.

한주혁이 말했다.

"저는 광야의 빈곤을 선택하겠습니다."

"좋지. 잘 생각…… 응? 뭐라고? 자네 지금 뭐라고 했나?"

제국의 풍요를 선택하면 제국의 전폭적인 지원을 등에 업을 수 있다. 그러나 광야의 빈곤은 아니다. 광야의 빈곤을 선택하면 제국의 지원을 얻을 수 없다. 루블랑의 진전을 조금 더 얻을 수 있을 뿐.

"아니. 자네. 잘 생각하게. 내 말을 귓등으로 들었나? 에르페스 제국은 마법의 종주국이라고 해도 과언이 아닐 정도로, 마법이 발달되었고, 마법으로 시작된 제국이네."

"알고 있습니다."

그래 봤자 마법사인 칸브라암보다 전사인 맨브라암이 더 셌는데.

"수천 년간 마법을 갈고닦아온 제국이 플레이어를 전폭적으로 키워준 역사는 여지껏 없었네."

"알고 있습니다."

"그, 그런데도 광야의 빈곤을 선택하겠단 말인가?"

지금 당장 제국 중심부로 들어가 황궁 마법사들 사이에서 수련할 생각은 없다. 그러기에 한주혁은 너무 바쁘다. 할 것도 많다.

그는 황궁 내부에서의 수련이 필요하지 않다. 자신의 우군이라 짐작되는 칸트와도 만나야 하고 대도 블랙과도 만나야 한다. 자신의 세를 키워 가고, 종국에는 제국의 뒤통수도 거하게 후려쳐야 한다. 제국의 관심은 얻되, 황궁 내부의 책상이 아닌 몸으로 움직이는, 현장에서 활동해야 한다는 뜻이다.

　NPC는 결국 두 손, 두 발 다 들었다.

　"후회할 걸세. 나는 내 할 도리를 다했네."

　앤서(한주혁)는 결국 '광야의 빈곤'을 선택했다. 그와 동시에 알림이 이어졌다. 한주혁의 눈이 커졌다.

　'어……?'

　이거.

　'단순한 보상이 아니네.'

　캠을 켜고 방송을 진행 중인 핵초리도 눈을 크게 떴다.

　-어. 형님들. 뭔가 이상합니다.

　앤서의 몸에서 변화가 일어나기 시작했다.

11장
이래도 되나 싶다(1)

　한주혁이 선택한 선택지는 바로 '광야의 빈곤'. 광야의 빈곤
을 선택하자 한주혁의 몸이 흰 빛이 휩싸였다.

　'검은 빛도 아니고 흰 빛이라.'

　검은 빛은 익숙하다. 절대악으로 플레이할 때, 절대악을 대
표하는 색이 검은색이라 할 수 있을 정도로 검은색을 많이 봤
다. 그런데 흰 빛이라니.

　'성좌도 아니고 흰 빛?'

　이거 참 재미있다. 다른 클래스로 절대악을 가지고 있는 자
신이, 성 속성으로 대변되는 흰 빛의 버프를 받고 있다니.

　알림이 들려왔다.

-고된 길을 선택한 자여.

NPC가 무릎을 꿇었다.

"오오. 루블랑이시여!"

200년 전의 대마도사, 이곳의 주인이라 짐작되는 '루블랑'이 모습을 드러냈다.

정확히 말하자면 '루블랑이 남긴 의지'라고 하는데, 사실상 한주혁에게 그런 건 중요한 게 아니었다. 루블랑이든, 주블랑 이든. 그런 것 따윈 감흥이 되지 못한다.

"쉬운 길을 놔두고 어려운 길로 돌아가려는 이유가 무엇인가?"

한주혁은 이렇게 대답했다.

"마법사의 길은 고난과 시련의 길이기 때문입니다. 그 길은 가시밭길이요, 험난하고 좁은 길입니다. 마나의 길. 쉽지 않은 그 길에 마나의 축복과 영광이 깃들 것입니다. 마도인들의 발 자취를 따르기 위하여. 그 어려운 발자취를 함께 딛고 걷기 위 하여. 저는 이 길을 선택하였습니다."

"……."

루블랑은 감탄하며 앤서(한주혁)를 쳐다봤다. 지금의 장면을 캠으로 찍고 있는 핵초리는 의문을 표했다.

-아니. 형님들. 저건 무슨 말입니까?

채팅창에서 한 사람이 이렇게 답했다.

-저거 마법사 클래스 선택할 때 종종 듣는 설정값 같은 것임.

-내가 인터넷 검색해 봄.

인터넷에서 검색했을 때 그들은 알 수 있었다.

-저거 미친놈 아님?

구글에서 찾아봤는데.

-완전히 똑같은 문구를 발견했음. 에르페스 제국에 존재하는 모든 도서관에 꽂혀 있는 '마법사의 길'이라는 책에 저런 문구가 나옴.
-근데 그 책의 저자가 루블랑임.

보통 플레이어들은 올림푸스에서 책을 읽지 않는다. 사서와 같은 특별한 클래스가 아니면 책을 읽는 짓은 미친 짓이다. '실제 마법서'도 아니고, 마법사들을 위한 길라잡이와 같은 글을 누가 보겠는가. 보통은 안 보는 게 정상이다.

-저 책을 외우고 있었음?
-글자 하나 안 틀리고 똑같음. 딱 저거임. 아예 보고 읽은 거 아님?
-저걸 어떻게 외웠지? 천재인가?

한주혁은 보고 읽지 않았다. 억지로 이걸 외운 것도 아니다.

루블랑의 표정을 본 한주혁은 나름 감탄했다.

'이야. 이게 이렇게 이어져?'

한주혁이 이 문구를 알고 있는 것은, 한세아 덕분이었다. 한세아가 7번 성좌의 클래스를 얻었을 때. 그때 자신의 클래스 명과 클래스 배경 등을 공유해서 보여주었다. 대충 보기는 했는데 정확하게 기억이 났다. 힘만 레벨 1000에 달하는 게 아니라, 지능도 레벨 1000에 달한다. 대충 봐도 다 기억이 난다.

'성좌랑 연관이 있네. 역시.'

칸브라암의 후손. 제국. 그리고 성좌. 역시 이어진다.

"마법사의 길은 고된 길이다. 후세여. 네가 그것을 잘 알고 있구나."

"넓고 쉬운 길은 마법사의 길이 아니니까요."

루블랑이 매우 만족한 듯 웃었다. 한주혁의 몸에 하얀 고리 3개가 생겨났다. 3개의 고리가 굉장히 밝게 빛났다. 밝게 빛나던 3개의 고리가 한주혁의 몸에 천천히 흡수되기 시작했다.

-퀘스트. '루블랑의 진전을 이을 자격'이 클리어되었습니다.

-'루블랑의 진전을 이을 자격'의 히든 피스를 만족하였습니다.

-'광야의 빈곤' 보상과 '루블랑의 진전을 이을 자격'의 히든 보상이 융합되어 보상이 주어집니다.

루블랑이 말했다.

"나의 뜻을 이은 후대여. 혼탁한 세상을 막을 수 있는 힘을 지닌 그대여. 내 그대의 뜻과 이름을 받들어 그대를 적대악으로 선포하노라. 이것은 대마도사 루블랑이 공증한다."

3개의 고리가 한주혁의 몸에 완전히 흡수되었을 때. 한주혁에게 또다시 알림이 이어졌다.

-'루블랑'에 의하여 '적대악' 호칭을 획득하였습니다.
-클리어 보상의 필수조건인 '적대악' 조건을 만족하였습니다.
-'루블랑'의 진전이 플레이어의 신체에 적용됩니다.

3개의 고리를 흡수한 한주혁의 몸에서, 하얀 빛이 새어 나왔다. 굉장히 특별한 아이템을 사용하고 있는 것 같았다. 핵초리가 진행하고 있는 방송의 채팅창에서는 난리가 났다.

-지금 들었음?
-적대악이라고 했음.
-4강 신강현은?
-아까 못 봄? 아까 죽었음.

방송을 처음부터 보지 않은 사람들은 4강 중 한 명인 신강현이 왜 죽었는지에 대해 물었다.

-적대악을 공격했다가 그냥 사망함.

-그냥 사망? 무슨 뜻임?

-적대악이 파이어볼 썼는데 그거에 그냥 스쳤음.

더 이상 정확한 묘사는 있을 수 없었다. 파이어볼에 스쳤는데 사망했다. 그 장면을 보지 못한 사람들은 믿지 못했다. 그러나 이미 인터넷에서는 '4강의 사망' 혹은 '참교육 당한 4강' 등의 이름으로 동영상이 업로드되고 있는 실정.

-와. 저 사람이 진짜 적대악임?

-닉네임은 앤서라던데?

-제국이 적대악 키운다더니. 그게 진짜인가 봄. 대박이네.

'절대악 VS 7개의 성좌' 시나리오가, 어쩐지 절대악에게 너무 유리하게 흘러간다 싶었다.

-제우스도 이제 밸런스 패치에 들어간 거임.

잊을 만하면 나오는 '밸런스 패치'. 절대악이 지나치게 강하다 보니, 절대악의 너프시켜야 한다는 의견이 많았다. 적대악의 출현으로 인하여, 밸런스 패치설은 더더욱 힘을 얻게 됐다.

핵초리는 싱글벙글 웃었다.

'시청자들이 늘어난다!'

아주 운 좋게, 4강 신강현의 죽음을 촬영했고 적대악의 탄생까지도 지켜봤다.

-형님들. 적대악의 몸에서 하얀 빛이 계속 새어 나오고 있습니다. 저게 도대체 뭘까요?

앤서(한주혁)는 루블랑의 진전을 잇게 됐다.

"제국의 풍요를 선택하지 않았기에. 적대악 너는 제국의 지원을 얻지는 못할 것이다. 그러나 마법사는 고난의 길을 걸어가는 고독한 존재."

그에 따라.

"나의 진전을 그대에게 넘긴다."

한주혁의 최종보상 알림이 들려왔다.

-'루블랑의 진전'이 적용됩니다.

-'루블랑의 진전'이 적용됨에 따라 모든 스탯이 상승합니다.

<스탯창>

(1) 힘: 120(+54+20)

(2) 민첩: 120(+54+20)

(3) 체력: 120(+54+20)

(4) 지능: 120(+54+20)

(5) 행운: 30(+13)

(6) H/P: 1974/1974(+540+200+888)

(7) M/P: 1974/1974(+540+200+888)

(8) 활성 스탯

  -카리스마: 210

  -절대악 포인트: 70

잔여 스탯: 178

한주혁은 입을 쩍 벌렸다.

'이거…… 이래도 되는 거냐?'

제우스와 대화를 할 수 있다면 묻고 싶었다. 아니, 나한테 이렇게까지 잘해주는 이유가 뭐야?

'기본 스탯 100 달성 효과로 20 추가 산정에, 불꽃의 강화된 진 파천악심공으로 또 45퍼센트 추가 산정, 루블랑의 진전으로 또 20 상승?'

진짜 이래도 되나 싶다. 뿐만 아니라 적대악 클래스를 플레이하면서 레벨을 너무나 쉽게 올린 덕택에 잔여 스탯이 178개나 남아 있는 상황이다. 진 파천악심공 효과가 H/P, M/P에는 중복 적용이 되어 또다시 추가 산정. H/P, M/P는 나란히

3,600에 달한다.

'이걸 레벨로 계산하면 680 스탯 포인트를 투자한 셈이 됐네.'

이렇게 계산하면 쉽다.

'레벨 1 올리면 스탯 2개 주니까.'

한주혁은 현재 루블랑의 진전을 이은 대가로 레벨 340을 올린 것과 같은 셈이 됐다. 물론 레벨은 여전히 20대긴 했지만.

'신체 레벨은 대충 1,400 정도?'

이쯤 되니, 제국은 그렇다 치더라도 자신과 직접적으로 싸워야 하는 일차적 적인 성좌들이 불쌍해질 지경이었다. 예전에도 상대가 안 됐는데, 아무리 제국의 지원을 등에 업고 버스를 타도 순식간에 300 레벨업을 하지는 못하지 않겠는가.

'성좌들이 이 사실을 안다면 좀 많이 슬프겠지.'

슬픈 정도가 아니라 절망할지도 모른다.

'내 처음 레벨이 99였는데.'

처음 특수지역 라이나를 벗어날 때 레벨이 99였다. 당시에는 99 정도 되면 세계 탑랭커인 줄 알았다. 예전에는 레벨 99가 만렙인 줄 알았다.

그게 불과 1년도 안 지났다.

'1년 만에 1300 레벨업?'

한주혁이 씨익 웃었다. 제우스가 원하는 게 뭔지 모르겠다.

'이 정도 레벨 올렸으면…….'

그러면 제국이 자랑하는 최상위급 NPC와도 한 번 붙어볼

만하지 않겠는가. 자신감이 좀 더 생겼다.

루블랑이 말했다.

"나의 진전을 이은 자여. 제국의 지원을 얻지 못하는 대신. 나의 진전을 주었으니, 그대의 뜻을 받들어. 그리고 나의 뜻을 받들어. 가시밭길과도 같은 마나의 길을 걸어 대성하라. 사악한 힘을 처단하고 널리 세상을 이롭게 만들라. 200년 전 신탁에서 강력한 악이 나타난다 예고하였다."

그래서 루블랑은.

"나. 대마도사 루블랑은 그 정체불명의 세력을 악 중의 악. 절대악이라 규정하겠다."

그러니까.

"마나의 길. 그 길 끝에서. 절대악을 처단하라. 적대악이여."

절대악 한주혁이 말했다.

"알겠습니다."

천세송이 말했다.

"신체 나이로는 레벨이 이제 1400쯤 되는 거네요. 원래 100부터 시작했구."

여기서 신체 나이라는 단어가 어울리는지는 모르겠다만, 한주혁도 천세송도 그런 단어 선택에는 집중하지 않았다.

서울 시내의 한 커피숍.

"요즘 오빠가 너무 바빠서 자주 못 봐서 슬퍼요."

그렇다고 달달 볶을 생각은 없었다. 자신의 남자 친구가 얼마나 대단한 사람인지 안다. 대단한 만큼, 또 바쁜 것도 안다. 그래서 이해하기로 했다.

"아니. 세송아. 근데 우리 언제까지 이렇게 존댓말 할 거야?"

"반말해도 돼요?"

천세송이 활짝 웃었다. 정말 별거 아닌데, 오빠랑 가까워지는 기분이 들어 행복해졌다.

"당연하지."

한주혁이 뭔가를 말하려다가 잠시 우물쭈물거렸다.

'아.'

순간 저도 모르게 '우리 결혼할 사이잖아' 이렇게 말할 뻔했다. 천세송은 조금 민망한 듯 얘기했다.

"우리 나이 차이도 많이 나고……."

지난 1년간. 남자 친구의 위상이 너무 높아졌다. 밥 한 번 같이 먹으면 한국의 대통령이 바뀌고, 조금 열심히 움직이면 세계의 기근을 구한다. 눈짓 한 번 주면 각국의 첩보기관이 알아서 움직인다. 그렇다 보니 말을 편하게 하기가 좀 어려웠다.

"그런 게 무슨 상관이야."

우리 결혼할 건데. 뻔뻔해지기로 했다.

"결혼할 사이인데. 계속 존댓말 쓰는 것도 이상하잖아."

그 말에 천세송이 또다시 활짝 웃으며 한주혁의 어깨에 머리를 기댔다. 천세송의 머리에서는 좋은 향기가 났다.

"아직도 실감이 안 나요."

"너는 아직 어리니까."

이제 갓 20살이 됐다. 그런데 벌써 결혼이라니.

"오빠도 결혼 생각하기에는 좀 어리잖아요. 아니, 어리잖아."

"나는 빨리 너 데리고 살고 싶은데."

나이가 너무 어려서 데려오기 좀 미안한 감도 있긴 했다. 아마 모르는 사람들이 본다면 도둑놈이라고 부러움 섞인 손가락질을 했을지도 모를 일이다. 어리기도 어린데, 또 지나치게 아름답기도 했으니까.

'프로포즈는 이미 했고.'

집도 이미 대저택 구해놨고. 이 대저택은 란돌이 구해줬다.

'혼수는 뭐 그냥……'

LZ연합의 구본부가 혼수는 자신에게 맡기라며 가슴을 탕탕 쳤었고.

'결혼식은……'

강재명에 따르면 세계 유수의 호텔에서 절대악의 결혼 소식을 접하고, 어떻게든 자신의 호텔로 절대악을 모시려고 혈안이 되어 있단다. 강재명이 이렇게 표현했다.

"아무 데나 골라잡으시면 됩니다. 사장님을 모시고 싶어 안달이 났습니다."

해외 호텔이면 해외에서 전세기를 보내준단다. 미국의 경우는 대통령이 직접 하객으로 참가하고 싶다고 의사를 밝혀왔다. 물론 미국뿐만 아니라 각국 세계 정상들이 그랬다.

한주혁이 '왜요?'라고 물었을 때 강재명은 이렇게 대답했다.

"왕을 모시기 위한 충성심의 대결이죠."

그 충성의 대가가 실로 달콤하다.

"세계의 절대자, 절대악이 선택한 호텔. 그것 만으로도 품격과 가치가 몇 단계는 상승할 것이 분명하니까요."

강재명의 태도에서 조금 진지해진 루펜달의 모습이 보일 정도였다. 어쨌든 천세송이 배시시 웃었다.

"오빠랑 결혼이라니. 진짜 꿈만 같아. 나 내조 엄청 잘할 수 있어. 아침밥도 꼭꼭 다 챙겨줄게."

둘은 여느 커플과 다름없이 커피숍 데이트를 즐겼다. 그러던 와중. 천세송이 물었다.

"오빠. 그런데 꼭 해줄 얘기가 있다고 했잖아. 그거 뭐야?"

데이트를 시작하기 전에. 미리 말해놨었다. 깜짝 놀랄 만한 얘기가 있다고.

스탯이 20씩 오른 것도 놀라운데, 그보다 훨씬 더 놀라운 얘기가 있으니 기대하고 있으라고 했었다.

"맞아. 그게 있지."

한주혁이 뜸을 들였다. 천세송이 눈을 동그랗게 뜨고서 궁금해하는 모습을 보고 있으면.

'아. 진짜 귀엽네.'

얼른 데려가서 살고 싶다. 법적으로 진짜 내 여자라고 도장 찍고 싶다.

"빨리 말해줘요. 나 사실 계속 계속 계속 계속 계속 궁금했단 말이야."

한주혁은 천세송의 머리를 두어 번 쓰다듬은 뒤. '루블랑의 진전'에 대하여 말하기 시작했다.

"단순히 스탯을 올려준 것이 루블랑의 진전이 아니었어."

천세송은 고개를 갸웃했다. 단순히 스탯을 올려줬다고 보기에는, 너무 많이 올려준 거 아닌가?

'오빠가 저 정도로 말할 정도면……'

괜히 기분이 좋아졌다. 오빠가 좋은 것을 얻었을 테니까. 그것만 해도 기분이 좋다. 오빠가 잘되면 나도 좋아, 라는 것이 천세송의 기본적인 마인드였으니까.

한주혁이 계속 말했다.

"루블랑의 진전이 놀라운 이유는……."

한주혁에게 알림이 들려왔다.

-'루블랑의 진전'을 확인합니다.
-'적대악' 칭호를 확인합니다.

여기까지는 방금 얻은 거다. 그런데 여기에 더해.

-4대 기본 스탯을 확인합니다.
-힘 스탯 120 초과를 확인합니다.
-민첩 스탯 120 초과를 확인합니다.
-지능 스탯 120 초과를 확인합니다.
-체력 스탯 120 초과를 확인합니다.

최초로 100을 달성했을 때에 굉장한 특전이 있었다. 그런데
120 초과 시에, 그리고 루블랑의 진전을 이었을 때, 이때 또 커
다란 특전이 있는 모양이었다.

-축하합니다!
-진정한 의미의 '루블랑의 진전'을 이을 수 있는 기회가 주어집
니다.

"마나의 길. 그 길 끝에서. 절대악을 처단하라. 적대악이여."

그렇게 말했던 루블랑이 눈을 크게 떴다. 어지간히도 놀랐는지, 자신의 이마를 탁 쳤다.

"내 그대의 잠재력을 얕보았구나."

그가 미안한 듯 말을 이었다.

"미안하다. 내가 정말 과소평가했다. 그대의 능력을 내가 알아보지 못하였다. 나의 불찰이다. 마나를 위해 태어난 자여."

스탯 120 초과 달성. 그로 인한 루블랑의 감탄.

"그대의 잠재력은 감히 측정할 수 없을 정도다. 제국에서도 이 정도의 잠재력을 가진 인재는 찾아보기 힘들 터."

한주혁은 생각했다.

'이거 뭐 있다!'

단순히 스탯이 올라간 것도 물론 놀라운 거다. 레벨로 치면 무려 300업을 넘게 했다. 절대악 등장 이전에는 1레벨 올리는 데 1년을 잡았다.

그런데 이게 끝이 아니다. 아까도 확인하지 않았는가.

성좌와 관련이 있다. 성좌와 관련이 있다면, 곧 메인 퀘스트에 가깝다는 뜻. 그 메인 퀘스트가 심지어 '대도 블랙을 찾아라'라는 대퀘스트의 지류다.

'뭐냐……!'

루블랑이 말을 이었다.

"나의 후손. 나의 진전을 이은 자여. 나를 공격해 보거라."

알림도 들려왔다.

-루블랑이 플레이어의 마법 능력을 파악합니다.

-마법 능력 파악은 '마법사들의 무덤'의 플레이를 참조로 합니다.

-대표 마법을 파이어볼로 설정합니다.

-파이어볼의 능력치를 수치화합니다.

알림 직후. 루블랑의 목소리가 들려왔다.

"네 기본 마법인 파이어볼의 수치를 10이라고 기준 잡겠다. 너 정도의 능력을 가진 마법사에게는 더욱 크고 강력한 마법이 있을 테지."

아뇨. 그런 거 없는데요. 저 레벨 낮아요. 쓸 수 있는 스킬이 되게 한정되어 있는데. 그렇게 말할 수는 없어서 한주혁은 가만히 고개를 끄덕였다.

"150 이상의 공격을 내게 성공시킨다면 나의 진정한 유산을 물려주겠다."

200년 전 대마도사 루블랑의 진정한 유산.

'그게 뭔지는 몰라도.'

굉장히 좋지 않겠는가.

'방법은 있어.'

한주혁은 잠시 생각에 빠졌다. 파이어볼을 10으로 수치화했다. 그런데 150 이상이란다. 파이어볼로 150 이상을 만들 수는 없다. 데미지를 마음대로 조정할 수 있는 것도 아니고.

그렇다면 남은 방법은 스킬 자체가 아닌 아이템을 활용하는 법이 있다.

'그런데 이거보다 좋을까?'

한주혁이 아이템 하나를 떠올렸다. 아끼고 아꼈던 아이템 중 하나다.

<x20>

다음에 해당하는 선택지들 중 하나를 선택하여 20분간 x20의 증폭 효과를 나타내는 스크롤.

1. 경험치 x20

2. 드랍 아이템 x20

(단, 유니크급 이하 아이템에 해당되며 몬스터 스톤에는 적용되지 않음.)

3. 몬스터 사냥 숫자 x20

(몬스터 사냥 개체 수에만 인정이 되는 효과이며, 경험치에는 적용되지 않음.)

4. 스킬 능력 x20

(단, 쿨타임도 20배로 증가)

한주혁은 고민에 빠졌다. 이걸 사용해서 루블랑의 테스트를 통과할 것이냐, 아니면 스탯 20 올린 것에 만족하며 다음을 기약할 것이냐.

한주혁이 갈등하는 것을 본 루블랑이 말했다.

"물론 쉽지는 않을 것이다. 아주 어려운 주문이겠지. 그러나 실패하더라도 그대에게 페널티는 없을 것이다. 단, 성공을 한다면 진정한 보상과 힘을 손에 넣으리라."

결정했다.

'……쓴다.'

'진정한' 의미의 유산이 아님에도 불구하고 모든 스탯을 20씩 올려준 엄청난 보상을 줬다. 그런데 '진정한'이라는 수식어가 붙는다. 'x20' 아이템이 굉장히 좋은 아이템임은 틀림없지만, 그래도 루블랑의 진정한 유산보다는 그 가치가 떨어질 것이라 판단했다.

'도박이다.'

그래서 사용했다.

-아이템. x20을 적용합니다.
-x20이 적용되는 스킬은 '파이어볼'입니다.

한주혁의 파이어볼이 넘실넘실 날았다.

루블랑은 조금 당황했다.

"무슨 방법을 쓴 건지는 모르겠다만 대단하구나."

분명히 같은 파이어볼인데. 아주 기초적인 마법인데.

"간만에 접해보는 엄청난 수준의 파이어볼이었다."

한주혁도 놀랐다.

'방어마법으로…… 막아냈어?'

현시대의 대마도사도 아니고, 무려 200년 전 대마도사다. 지난 200년간, 에르페스 제국의 마법능력은 계속해서 발전해왔다. 다시 말해 옛날 마도사보다, 지금 마도사가 더 강하다는 뜻이다.

그런데 200년 전 마법사인 루블랑이 간단한 방어마법으로 파이어볼을 막아냈다.

'그것도 20배 강력한 파이어볼을?'

이 정도면 제국에도 밀리지 않겠다고 생각했었는데. 그건 아닌 모양이었다.

'200년 전 마법사가 이 정도면…….'

지금 마법사는, 현재 자신의 능력으로는 어림도 없을 거다.

'아직도 갈 길이 머네.'

어쨌든 루블랑의 테스트는 통과했다. 알림으로 정확히 '200'의 수치를 기록했다고 했다.

루블랑의 몸이 조금씩 흐려지기 시작했다.

"내 그대에게 나의 마지막 유산을 넘기려 하네."

루블랑이 지도 하나를 건넸다. 이곳에 마지막 유산이 있단다. 그 유산을 찾아서 자신의 것으로 만들면.

"절대악 무리를 처단할 수 있을 것이야. 반드시 세상을 어지럽히는 놈들을 처단하게."

그가 말했다.

"그것이 진정한 마도사의 길이니. 널리 세상과 인간을 이롭게 하라."

"알겠습니다."

한주혁도 대답은 잘했다. 다만 누구를 처단한다고는 얘기 안 했다.

'보아하니 이것도 원래 성좌 중에 한 명이 받아가야 하는 퀘스트인데.'

척 보니까 그렇다. 이건 성좌 퀘스트다. 절대악을 상대할 수 있는 힘을 얻도록 하는, 그런 퀘스트인데 자신이 또 먹어 버렸다.

'개이득!'

루블랑의 몸이 완전히 사라졌다. 아까 한주혁을 테스트했던 노인 NPC가 바닥에 납작 엎드렸다.

"귀인을 몰라뵈었습니다. 적대악. 루블랑의 진전을 이은 후세의 대마도사시여."

이 장면은 핵초리에 의해 방송되고 있었다. 진정한 의미의, '적대악'의 탄생이었다.

흑표범 길드의 길드원 '두바두바'가 비명을 질렀다.

"이, 이런 씨바!"

두바두바가 하늘을 가리켰다.

"꼬꼬 떴습니다!"

"튀, 튀어!"

하늘에는 거대한 새 형태의 몬스터가 날았다. 저 몬스터는 한국. 아니, 전 세계에서 가장 유명한 몬스터라 할 수 있겠다. 짐승 형태의 몬스터 중, 공개된 몬스터들 중 가장 강력한 몬스터. 그러나 단순히 몬스터가 아닌, 절대악의 펫.

키에에엑!

나는 제왕이다!

호랑이 없는 곳에서는 여우가 왕이라고 했다.

키에엑!

내가 제일 세다!

절대악 없는 곳에서는 자신이 왕이다.

"잘했어, *꼬꼬.*"

키엑.

아니, 내가 두 번째로 세다!

다시 생각해 보니 왕은 아닌 것 같다. 왕은 바로 주인님의 친동생. 이 예쁜 여자다.

한세아는 검은 잿더미들을 보면서 쯔쯧, 하고 혀를 찼다.

"그러길래 왜 이렇게 자꾸 나쁜 짓을 벌여요?"

우리 오빠가 어떻게 이룩한 공정한 경쟁 세상인데. 바야흐로 한국은 '절대악 혁명'이 이루어진 상태다.

기존 대연합들이 독점하고 있던 사냥터, 사냥권, 그러한 것들을 자유로이 풀어주었다. 절대악이 등장한 지 1년이 채 되지 않았는데 '헬조선'이란 말은 사라지고 있는 중이다.

노력한다고 해서 누구나 성공할 수는 없다. 그러나 노력하면, 상식적으로 납득할 수 있는 범위의 보상은 얻을 수 있어야 하지 않는가.

한세아가 말했다.

"대연합이 없어졌으면 다들 잘 먹고 잘살 생각을 해야지."

"……."

이미 검은 잿더미가 된 흑표범 길드의 두바두바는 아무 말도 하지 못했다.

'씨발.'

뭐라고 욕을 할 수도 없다. 상대가 한세아이기 때문이다. 세상에는 7번 성좌 루나로 알려져 있다.

'하필이면 4강한테 걸려서…….'

괜찮다. 접속불가 페널티가 끝나면 다시 들어올 거다. 그러면 다시 사냥터를 독점하고 이곳에서 생산되는 그린 스톤을 독점할 수 있을 거다.

"경고했어요. 다음번에는 델리트예요."

오빠가 대연합과의 전쟁을 벌여서 겨우 만든 세상인데 자꾸 미꾸라지들이 물을 흐린다. 그런 건 절대 용납 못 한다.

그러한 취지에 동감하는 수많은 플레이어들이 '헐렐루야'에 가입하여 활동 중이다.

그들은 자체적으로 경비대를 운용하면서 사냥터에서 부조리한 행동을 하거나 비겁한 방법으로 플레이하는 것을 막는다. 플레이어들이 스스로 막기가 부족할 경우에 4강 중 2명이 움직인다.

바로 천세송과 한세아.

둘의 움직임은 이미 전 세계적으로 유명했다. 세계 각국에서는 어째서 절대악 같은 플레이어가 우리나라에는 없는가라는 의문을 가졌다.

-한국의 환경을 보고 배워야 한다.
-무엇이 절대악을 낳았는가.
-한국은 어떻게 절대악을 키워냈는가.

사실 한국이 키웠다기보다는, 한주혁 스스로 알아서 잘 큰 것에 가깝다. 그러나 세계인들은 그런 사정까지는 잘 모른다.

한국의 그 어떠한 요소가 절대악을 탄생시켰다고 생각했다.

키에엑!

제왕 꼬꼬가 하늘을 날았다.

절대악의 상징. 공개된 몬스터들 중, 가장 강력한 몬스터 꼬꼬가 오늘도 한 건 했다. 이제 이 정도는 너무 당연해서 기사화도 잘 안 됐다. 다만 사람들은 이렇게 생각했다. 절대악이 한국인이라서 다행이라고.

오늘 우연히 4강을 발견한, 운 좋은 BJ 핵초리는 흥분했다.

"형님들. 저기 보십쇼. 꼬꼬입니다. 4강 중 한 명인 7번 성좌도 보입니다."

그는 최근 4강 중 1명인 신강현의 죽음을 생방송으로 내보낸 BJ이기도 하다. 그는 요즘 신났다. 시청자가 많이 늘었기 때문이다.

"4강 중 또 다른 누군가와는 질적으로 완전히 다릅니다."

결국 중요한 건.

"역시 절대악의 동생인 것 같습니다. 리얼 형렐루야 형멘입니다, 형님들."

비록 규모 작은 개인방송이지만 '형렐루야, 형멘'이 채팅창에 도배됐다. 개중에는 적대악의 탄생을 염려하는 채팅도 있었다.

-그런데 적대악이 나타나지 않았음?

-파이어볼 사용해서 신강현을 가지고 놀던데.

-스쳐도 사망하는 파이어볼임.

절대악과 적대악은 비슷한 구석이 있다.

-평타로 무쌍 찍는 절대악. 기본 마법으로 무쌍 찍는 적대악. 둘이 싸우면 누가 이김?

-아직은 절대악이 이길 거 같음. 적대악은 아직 모습을 드러낸 지 얼마 안 됐음.

-절대악의 성향상, 지금 당장 적대악을 잘근잘근 밟을 거 같지는 않은데.

절대악은 영웅이니까 적대악이 큰 잘못을 하지 않는 한, 먼저 치지는 않을 거다. 다들 그렇게 생각했다.

-올림푸스 판도가 점점 재미있어질 거 같음.

다들, 언젠가 있을 절대악과 적대악의 전쟁을 기대하고 또 기대했다.

천세송은 약간 실망했다.

"에이. 뭐예요. 그럼 아직 제대로 된 보상을 얻은 건 아니잖아."

오빠가 하도 놀라운 것이라고 강조해서 잔뜩 기대했더니,

아직은 별거 아닌 거 같다.

"그냥 보상이 스탯 80 추가인데. 진짜 보상은 어떻겠어?"

"그건 그렇지만."

뭐가 어찌됐든.

"오빠한테 좋으면 나도 좋아. 그런데 그게 성좌 퀘스트라면…… 세아 언니랑 같이 움직여야 하는 거 아냐?"

"그래야지."

"사람들 눈에 띌 텐데. 괜찮을까?"

다 방법이 있다. 한주혁이 올림푸스에 접속했다. 유령화 마법을 사용하여 몸을 숨겼다. 한주혁의 능력을 뛰어넘는 어떤 마법사가 있다면 한주혁의 모습을 볼 수 있겠지만.

-오빠. 여기 있는 거 맞아? 안 보이는데?

4강. 아니, 3강 중 한 명인 한세아가 전혀 알아보지 못하는 것으로 보아, 어지간한 플레이어는 알아차리지 못할 것이다.

-여기 있어. 네 바로 앞에.

-진짜 신기하네. 아예 안 보여. 기척조차 없어. 무슨 유령이라도 된 거 같네?

이 오빠. 아무래도 사기 클래스가 맞다. 절대악도 미친 듯이 강한데, 그를 상대하는 적대악도 사기가 맞는 것 같다. 아예 기척조차 느껴지지 않는다니.

한주혁으로부터 지도를 건네받은 한세아가 지도를 활성화시켰다. 재미있는 건, '루블랑의 유산'이라 이름 붙은 퀘스트

스팟이 한주혁의 본진이라 할 수 있는 '프루나' 근방에 존재하고 있다는 것.

-새로운 필드네.

새로운 대륙 창조. 그리고 또 새로운 필드 오픈. 내 오빠지만 정말 사기적인 오빠인 거 같다.

-오빠.

한세아가 인상을 살짝 찡그렸다.

-근데 이거…… 그냥 오픈이 안 되는데?

오픈 조건이 따로 있단다. 얼마나 대단한 걸 주려고 이렇게까지 하는지 모르겠다.

x20을 사용해서 테스트까지 통과했는데. 바로 보상을 주는 것도 아니고 이런 번잡한 짓을 해야 한다니.

한주혁이 물었다.

-오픈 조건이 뭔데?

한세아가 이렇게 대답했다.

-오픈 조건이 진짜 대박이야. 어떻게 이럴 수가 있지? 이게 말이 돼?

to be continued

Wish Books

무공을 배우다

목마 퓨전 판타지 장편소설
WISHBOOKS FUSION FANTASY STORY

"무(武)를 아느냐?"

잠결에 들린 처음 듣는 목소리에 눈을 떴을 때,
눈앞에 노인이 앉아 있었다.

"싸움해 본 적 있나?"
"없는데요."

[무공을 배우다.]

20년 동안 무공을 배운 백현,
어비스에 침식된 현대로 귀환하다!

'현실은 고작 5년밖에 지나지 않았다고?'

9클래스 소드 마스터

이형석 퓨전 판타지 장편소설
WISHBOOKS FUSION FANTASY STORY

검성(劍聖), 카릴 맥거번.
검으로 바꾸지 못한 미래를 다시 쓰기 위해
과거로 돌아오다.

이민족의 피로 인해 전생에 얻지 못한 힘.

'이번 생에 그걸 깨주겠다.'

오직 제국인들만이 사용할 수 있었던,
그 힘을!

'나는 마법을 익힐 것이다.'

이제, 검(劍)과 마법(魔法).
두 가지의 길 모두 정점에 서겠다.

9클래스 소드 마스터: 검의 구도자